शिक्षक सशक्तीकरण

सुमति कुलकर्णी

अनुवादः अंकिता मानेकर

अनुवाद संपादनः डॉ मृणाल धोंगडे

Become
Shakespeare
.com

शेक्सपियर.कॉम द्वारा पहली बार 2024 में प्रकाशित

वन पॉइंट सिक्स टेक्नोलॉजीज प्रा. लिमिटेड

कार्यालय क्रमांक 119-123, प्रथम तल,

बिल्डिंग जे2, बी - विंग,

वडालाट्रक टर्मिनल, वडाला ईस्ट, मुंबई,

महाराष्ट्र, भारत, 400022

दूरभाष: +91 8080226699

अधिकृत संस्करण

आईएसबीएन: 978-93-90463-01-5

गुरु, एक शिक्षक!

यह पुस्तक अध्यापन की महान आजीविका और समस्त जगत के महान शिक्षकों को समर्पित है।

प्रस्तावना

गुरु, एक शिक्षक!

गुरुर्ब्रह्मा गुरुर्विष्णुः गुरुर्देवो महेश्वरः ।

गुरुः साक्षात् परब्रह्म ।

तस्मै श्री गुरुवे नमः ।

तस्मै श्रीगुरुवे नमः ।

अर्थ: गुरु ही सृजनकर्ता है, गुरु ही संरक्षक है और गुरु ही संहारक है। गुरु परम है। आप को मेरा नमन।

गुरु हमारे शिक्षक हैं। हमारी संस्कृति में गुरु को सर्वोच्च स्थान पर रखा गया है और सब से अधिक सम्मान उन्हें दिया जाता है।

शिक्षा एक महान । प्रत्येक विद्यार्थी की दृष्टि में शिक्षक को परम आदर्श माना जाता है। शिक्षा पेशे को अपनाने वाले राष्ट्र निर्माताओं "शिक्षकों" को पेशेवर सहायता प्रदान करने में, भारत बहुत विश्वास रखता है। और करे भी क्यों ना ? शिक्षा के प्रति जुनून रखनेवाले शिक्षकों के लिए ही संवर्धन और सशक्तीकरण कार्यक्रम है। हम कहाँ तक सफल हैं, यह आत्मनिरीक्षण का विषय है।

विद्यालय चार स्तंभों पर बनता है। प्रबंधन, शिक्षक, माता-पिता और बच्चे, ये चार स्तंभ हैं। हालाँकि व्यापक रूप से कहें तो विद्यालय के मामलों के संचालन में सभी स्तंभों की समान जिम्मेदारी होती है, लेकिन यहाँ हम मुख्य घटकों में से एक, याने शिक्षकों के साथ काम कर रहे हैं जो बच्चों और समग्र नागरिकों

के बेहतर भविष्य के लिए अपने उद्देश्यों तक पहुँचने के लिए पूरे स्कूल को सक्रिय करते हैं।

एक प्रमुख समाचार पत्र ने त्वरित निर्णय में यह प्रकाशित किया था कि "स्कूलों में शिक्षा की गुणवत्ता में सुधार के लिए शुरू की गई केंद्रीय शिक्षक पात्रता परीक्षा में भाग लेने वाले 99% उम्मीदवारों की विफलता, बीएड डिग्री पाठ्यक्रमों के खराब मानकों की ओर इशारा करती है। इसमें कोई आश्चर्य नहीं कि हमारे छात्र वैश्विक छात्र मूल्यांकन रैंकिंग में सबसे निचले पायदान पर हैं। इसमें 99% अंक प्राप्त करने वाले लेकिन कॉलेज में प्रवेश पाने में असफल रहने वाले छात्रों को देखें तो हमारी शिक्षा प्रणाली वास्तव में विचित्र प्रतीत होती है।

उद्देश्यः यह क्रमशः छात्रों और शिक्षकों की उनके अध्ययन और पेशे में प्रेरणा के लिए प्रणाली और इसकी प्रासंगिकता पर स्पष्ट रूप से सवाल उठाता है। यह शैक्षिक डिग्रियों की गुणवत्ता और मानकों पर और उन छात्रों के लिए प्रेरणा पर भी सवाल उठाता है, जिन्हें बहुत अच्छा प्रदर्शन करने के बावजूद भी कॉलेज में प्रवेश नहीं मिलता है।

इसका उद्देश्य शिक्षक प्रेरणा और गुणवत्तापूर्ण शिक्षा में वृद्धि के बीच एक अपरिहार्य कड़ी विकसित करना है। उनके प्रेरित करने के कौशल में सुधार करना और उनके ज्ञान को व्यापक बनाना बहुत आवश्यक है। निपुण शिक्षकों के समग्र विकास के लिए तीन आवश्यक कारकों पर विचार किया जाना चाहिए। विशिष्ट विषयों में एक व्यवस्थित अभिविन्यास होना चाहिए। यह संयोजित एवं यथाक्रम होना चाहिए। शिक्षकों द्वारा उपयोग की जाने वाली तकनीकें विषय-विशिष्ट होनी चाहिए और उनमें नवीन पद्धतियाँ शामिल होनी चाहिए। शिक्षकों को नवोन्मेषी और रचनात्मक कार्यों के लिए पहल करने के लिए सशक्त बनाया जाना चाहिए एवं सर्वोत्तम वातावरण प्रदान किया जाना चाहिए। शिक्षाशास्त्र में अभिविन्यास कार्यशालाओं के प्रबंधन और व्यवस्था के लिए कदम उठाए जाने चाहिए जो विषयवार प्रस्तुति या विषय विशिष्ट होंगे। ये कार्यशालाएँ नए प्रवेशकों के साथ-साथ सेवारत शिक्षकों पर भी केंद्रित

होंगी। ऐसी छोटी छोटी विधियों से शिक्षकों को नवीनतम उपलब्ध तकनीक से परिचित होने में मदद मिलेगी। इस उद्देश्य के लिए नए और अनुभवी शिक्षकों के लिए विशेष रूप से डिज़ाइन किए गए कार्यक्रम होने चाहिए। इन नए प्रवेशकों और सेवारत शिक्षकों को शिक्षा की आईटी से संबंधित तकनीकों के उपयोग के बारे में जागरूक किया जाना चाहिए।

शिक्षकों की एक सामान्य प्रवृत्ति होती है कि वे सेमिनार, संगोष्ठियों, कार्यशालाओं आदि में भाग लेने के प्रति इच्छुक नहीं होते हैं। सीखने की ऐसी सभाओं में उत्साहपूर्वक भाग लेने के लिए शिक्षकों के प्रोत्साहन और प्रेरणा के लिए कदम उठाए जाने चाहिए।

"मैं एक ऐसे स्कूल में काम कर रही थी जिसने प्री-प्राइमरी शिक्षकों के लिए एक अलग तरह का दृष्टिकोण अपनाया था। चुनौती यह थी कि उनका कोई भी छोटा बच्चा रोते हुए स्कूल न आये। प्री-प्राइमरी शिक्षकों के लिए प्रबंधन की प्रेरणा इतनी मजबूत थी कि जब छोटे छोटे बच्चे अपने माँ बाप को वापस जाने के लिए कहते थे और फिर खुशी-खुशी अपने दोस्तों और शिक्षकों के साथ अंदर आ जाते थे तब उनको हार्दिक प्रसन्नता होती थी।"

शिक्षकों को शिक्षकों की इन ज्ञानपूर्ण और उद्देश्यपूर्ण सभाओं में शामिल होने के लिए यही प्रेरणा होनी चाहिए।

प्रस्तावना

बच्चे के व्यक्तित्व के स्वरुप को ढालना

बच्चा प्रकृति का एक उपहार है। चाहे वह शिशु पौधा हो, जानवर हो या मानव शिशु हो, वह एक अनोखे तरीके से भगवान या प्रकृति को उसके सच्चे रूप में दर्शाता है। इसी वजह से हम तुरंत किसी बच्चे के मोह में पड़ जाते हैं। प्रकृति में वृद्धि, विकास और परिवर्तन के गुण अंतर्निहित हैं । इस प्रकार 'परिवर्तन' एक प्राकृतिक घटना है जो प्रकृति में लगातार विभिन्न रूप और आकार लेने के लिए तत्पर रहती है। एक शिशु से एक बच्चा विकसित होता है। एक बच्चा सूक्ष्मतम स्तर पर सर्वोत्तम गुणों का समूह होता है । इन अव्यक्त विशेषताओं को उनकी अभिव्यक्ति में लाना एक क्रमिक प्रक्रिया है। किसी पौधे पर फूल खिलना उचित समय पर, कुछ निश्चित देखभाल और शर्तों के तहत ही होता है। हर बच्चे को माँ के प्यार और पिता के मार्गदर्शन की जरूरत होती है। गुरु का आशीर्वाद ही इसे पूरा कर सकता है। यहीं से शिक्षक का महत्व शुरू होता है। यह तथ्य है कि बच्चा इस जगत और काल में अपनी जगह बनाने के लिए हमारा ध्यान, ऊर्जा, समय और हमारे जीवन का एक हिस्सा लेता है और यह साबित करता है कि बच्चे के विकास में एक शिक्षक का योगदान निर्विवाद है।

एक बच्चा अपने सशक्त रूप में जीवन का प्रतीक है। बच्चे चंचल होते हैं और जीवन में उत्साह बढ़ाते हैं, बच्चे विचारों में असीमित होते हैं और इस प्रकार, कल्पना से परे सोचने में योगदान देते हैं, बच्चे तनाव दूर करनेवाले होते हैं और खुद में ही आनंदित रहते हैं| साथ ही वे अपने आस-पास के लोगों को पूरी तरह से लिप्त कर लेते हैं । इस प्रकार से वह कम से कम अस्थायी रूप से तनाव से दूर रहने में मदद करते हैं। वे विभिन्न रंगों और स्वादों में ऊर्जा के पृथक स्रोत हैं। वे जीवन को हल्का और आसान बनाने के लिए चारों ओर ढेर

सारी सकारात्मक ऊर्जा भरते हैं। जब कुछ शिक्षक बच्चों की उमड़ती ऊर्जा को परेशानी भरा और थकानेवाला कहते हैं तो यह काफी हद तक स्वीकार्य है। लेकिन जब वही बच्चे ढेर सारा प्यार, खेद व्यक्त करते हुए और छोटी सी माफी माँगते हुए आप के पास आते हैं, तो ऐसी उपलब्धि की अनुभूति होती है जो अलेक्जेंडर की जीत से भी परे है। सब से अधिक परेशान करनेवाले बच्चों को दी गयी प्यारी सी प्रतिक्रिया, मजबूत भावनात्मक समर्थन और सकारात्मक तालमेल अद्भुत अनुभव देता है। ये बुनियादी ज़रूरतें हैं| यदि इन्हें उचित समय और सही परिस्थितियों में प्रदान किया जाए तो शिक्षक जो भी माँगता है, उसमें बच्चे आप के साथ होते हैं। फिर परेशान करनेवाली स्थितियाँ अपने आप सही ढंग से नियंत्रित हो जाती हैं। शिक्षा और सीखने की प्रक्रिया एक सहज और आनंददायक यात्रा बन जाती है।

एक बच्चा, चाहे वह शरारती हो या अच्छा व्यवहार करने वाला, पूरी तरह से शिक्षक पर केंद्रित होता है। एक संवेदनशील या अनुभवी शिक्षक बच्चे के सकारात्मक विकास के लिए किसी भी प्रकार का आवश्यक बदलाव लाने का कोई मौका नहीं चूकता। तालमेल बनाना ही सबसे महत्वपूर्ण है, बाकी सब स्वाभाविक रूप से आ जाता है। लेकिन हम में से कितने लोग यह करने में आनंद लेते हैं? और यह सीखने की प्रक्रिया का अनिवार्य हिस्सा माना जा

ता है, पढ़ाई बाद में आती है। एक बार जब बच्चा शिक्षक द्वारा प्रदान की गई मनोवैज्ञानिक सुरक्षा के दायरे में आ जाता है तो शिक्षक के लिए यह आसान, आनंददायक और उत्पादक हो जाता है क्योंकि फिर बाधाएँ दूर हो जाती हैं और सीखने की प्रक्रिया में बच्चे की ओर से पहल शुरू हो जाती है। बाल केन्द्रित शिक्षा का प्रारंभ होता है जो सीख को अधिक उपयोगी और स्थायी बनाता है।

इस प्रकार एक शिक्षक एक बच्चे को आकार देता है, उसके अस्तित्व को निखारता है और वर्षों तक भावनात्मक और बौद्धिक विकास के अवसर प्रदान करता है। एक बार जब इन संकायों को सही दिशांकन से उचित जानकारी और ज्ञान से सिंचित किया जाता है, तो बच्चे का विकास सही दिशा में होता है। स्कूल की नीति बच्चे को भविष्य का सामना करने के लिए सभी कौशलों

के साथ तैयार करने की होनी चाहिए। संपूर्ण व्यक्तित्व विकास एक उपकरण है, जिसे एक बच्चा अपने स्कूल से लेकर आता है जिसमें आत्मविश्वास, जागरूकता, कायाकल्प, कौशल, जानकारी और शिक्षा आते हैं – ताकि वह आने वाले दशकों में एक संपूर्ण इंसान और देश के एक जागरूक नागरिक के रूप में जीवन जीने में सक्षम हो सके।

लेखक का संक्षिप्त परिचय

मैं २५ वर्षों से अधिक समय से शिक्षा के क्षेत्र में कार्यरत हूँ। मैं अंग्रेजी में स्नातकोत्तर पदवी ग्रहण कर चुकी हूँ और मैंने पीजी टीचिंग सर्टिफिकेट एवं EFLU (इंग्लिश एंड फॉरेन लैंग्वेजेज़ यूनिवर्सिटी) से 'पीजी डिप्लोमा इन टीचिंग इंग्लिश' प्राप्त किया है।

मेरे कुछ लेख समाचार पत्रों, फेमिना, फ्रोजन थॉट्स और कुछ डिफेन्स पत्रिकाओं में प्रकाशित हुए हैं।

मैं डिफेन्स पृष्ठभूमि से हूँ और मेरे पति हाल ही में कर्नल के पद से सेवानिवृत्त हुए हैं। मेरी एक विवाहित बेटी बेंगलुरु में कार्यरत है।

मैंने अपनी पुस्तक के लिए लगभग 38 प्रसंग लिखे हैं जिनमें निबंध, कथाएँ, कल्पना, कविताएँ, तथ्यात्मक बातें आदि प्रकार शामिल हैं जो 2013 में प्रकाशित " बुके ऑफ़ ब्रेनवेव्स" शीर्षक के तहत संग्रहित थे।

मेरी 2017 में प्रकाशित दूसरी किताब "ए टेल ऑफ़ टू डॉग्स इन स्ट्रिंग ऑफ़ पर्ल्स" कविताओं का संग्रह थी।

यह मेरी तीसरी पुस्तक है जो शिक्षा के महान पेशे को और ऐसे लोगों को समर्पित है जो भोले-भाले और जीवंत बच्चों से इन्सानों की निर्मिती करते हैं| यह शुरुआत में बाल केंद्रित शिक्षा से संबंधित है, फिर आगे सूचना और संचार प्रौद्योगिकी के अनुप्रयोग के बारे में बताती है और अंततः शिक्षा प्रणाली में व्यापक शिक्षा के अनुप्रयोग से जूझने में रचनात्मकता, मूल्य आधारित दृष्टिकोण और रचनात्मक विचलन की आवश्यक भूमिका बताती है।

अभिस्वीकृति

मैं ऋषि वैली स्कूल के श्री जयप्रकाश सर और शेरवुड और हेरिटेज वैली स्कूल के श्री योगेन्द्र गुरुवारा सर की आभारी हूँ जिनके मार्गदर्शन में मैंने स्कूलों में शिक्षा और सिखाने की रणनीतियों के बारे में सीखा।

इनसे एक दशक के दौरान मिली हुई सीख पूरी किताब में विचारों और धारणाओं के रूप में बिखरी हुई है। मैं उनका हृदय से आभार व्यक्त करती हूँ।

प्रकरण सूचकांक

प्रस्तावना

दर्शनशास्त्र पढ़ाना

मातृ देवो भव|

पितृ देवो भव|

आचार्य देवो भव|

अतिथि देवो भव|

गुरुर्ब्रह्मा, गुरुर्विष्णु, गुरु:देवो महेश्वर:।

गुरु:साक्षात् परब्रह्म, तस्मै श्री गुरुवे नम:।

उपरोक्त श्लोक तैत्तिरीय उपनिषद से है जिसकी उत्पत्ति वैदिक युग में हुई थी और यह हजारों साल पहले लिखे गए हमारे वेदों का हिस्सा है और आज भी प्रासंगिक है। वेद हमें बताते हैं कि माता और पिता के बाद गुरु आता है। शिक्षक ब्रह्मा, विष्णु और महेश्वर के समान है। मैं उनको नमन करता हूँ।

बच्चा प्रकृति की एक अनोखी रचना है। बच्चा एक बीज की तरह होता है; बारिश, धूप और उपजाऊ भूमि के साथ, बीज एक पौधे और फिर एक पेड़ के रूप में विकसित होता है। प्रकृति इसे बहुत ध्यान और प्यार से पालती है, अदृश्य रूप में ही सही! शारीरिक या मानसिक दंड के बिना बच्चे को पढ़ाने की नवीनतम प्रवृत्ति सहजता से हर तरफ सौहार्द्र पैदा करती है। किसी भी जानकारी पर बच्चे के साथ प्रेम से बातचीत की जाए तो उसके लिए शिक्षा ग्रहण करना आसान हो जाता है।

छात्रों के साथ घुलना-मिलना, एक समझ पैदा करना और स्नेहपूर्ण तालमेल बनाना विचारों और राय के सही आदान-प्रदान के लिए आवश्यक है। विद्यार्थियों और उनकी भावनाओं के प्रति संवेदनशील व्यवहार किया जाना बहुत जरूरी है। प्रत्येक बच्चे को उसके स्वरूप के अनुसार उचित महत्व दिया जाता है। प्रत्येक बच्चा ईश्वर की एक अनोखी रचना है। बच्चे की भावनाओं को ठेस पहुँचाए बिना उसकी गलतियों को सुधारना और इस प्रकार बच्चे की भावनाओं के साथ सकारात्मक संबंध बनाना महत्वपूर्ण है।

एक सुविधाप्रदाता (फेसिलिटेटर) के रूप में शिक्षक का मुख्य काम बच्चे को अपने विचारों, राय और सुझावों को सामने लाने का अधिकतम अवसर प्रदान करना है तथा प्रश्नों को न भूलने देना है। बच्चे की जिज्ञासाएँ बढ़ाकर ज्ञान की वास्तविक भूख पैदा करना लक्ष्य होना चाहिए।

समूह में कार्य और चर्चाएँ बहुत अच्छे मार्ग हैं। बच्चे के मन से डर और शर्म को धीरे-धीरे लेकिन निश्चित रूप से मिटाना चाहिए। ये ही विचार और अभिव्यक्ति के प्रवाह में रुकावटें हैं। शिक्षा में प्रयुक्त शारीरिक दंड की तकनीक को त्यागना होगा। सज़ा देकर सिखाने की तुलना में प्यार से सिखाने की प्रभावशीलता समग्र और गहरी होती है।

खंड I

दर्शन

शिक्षा का तत्वज्ञान

बाल केन्द्रित शिक्षा

शुरुआत करने के लिए एक दिल से किया प्रयास यह होना चाहिए कि बच्चे को पढ़ाया जाए और उसपर व्यक्तिगत ध्यान दिया जाए, ताकि वह सीख सके । इस प्रक्रिया में हमें बच्चे की ज़रूरतों, क्षमताओं, प्रतिभा की खोज करने और सर्वांगीण विकास के लिए पर्याप्त अवसर देने की ज़रूरत है ताकि वह एक स्वयं में परिपूर्ण इंसान बन सके। हमें व्यापक विकास पर ध्यान देने और सर्वसमावेशी व्यक्तित्व के साथ प्रगति और विस्तार का प्रयास करने की आवश्यकता है।

शिक्षक-केंद्रित: शिक्षक प्रधान और शिक्षक केंद्रित शिक्षा इसे पाठ्यचर्या केन्द्रित नाम से भी जाना जाता है।

बाल-केंद्रित: यहाँ बच्चा ही मुख्य विषय होता है जो सीखने और सिखाने का केंद्र है। इसे शिक्षार्थी-केंद्रित नाम से भी जाना जाता है।

यह अधिकतर आप की व्यक्तिगत शिक्षा शैली पर निर्भर करता है। कुछ तत्व जो प्रभावित कर सकते हैं वे इस प्रकार हैं:

कक्षा का लेआउट।

आप अपने शिक्षा के लिए कैसे तैयारी करते हैं।

प्रयुक्त गतिविधियों की संख्या।

प्रयुक्त गतिविधियों के प्रकार।

शिक्षार्थी आप के तरीकों का उपयोग कैसे करता है।

शिक्षक केंद्रित:

यह शिक्षा का सब से आम और पारंपरिक तरीका है जो वर्षों से दुनिया भर में प्रभावी रहा है। यह शिक्षा का एकमात्र तरीका माना गया था। इसमें शिक्षक किसी विषय की जानकारी छात्रों को देता है, बिना यह जाने कि छात्र ने कुछ समझा भी है या नहीं।

ऐसा माना जाता था कि एक शिक्षक अपने विषय में निपुण होता है और वह जो कुछ भी कहता है वह बिल्कुल सही है; जिसे बिना किसी विरोध के स्वीकार कर लेना चाहिए।

- इस पर कोई प्रश्न नहीं पूछा जाता था।
- जिन छात्रों को समझ आ गया वे भाग्यशाली थे।
- जो लोग नहीं समझे उन्हें उनके भाग्य पर छोड़ दिया जाता था।
- शिक्षक एक पाठ पढ़ाकर अपना कर्त्तव्य निभाता था।
- यह एक तरफा शिक्षा थी।
- इसका मकसद होता था सिलेबस पूरा कराना।
- लक्ष्य होता था रटना और परीक्षा में हूबहू लिख देना।

समय के साथ, ये धारणाएँ किसी छात्र के लिए किसी विषय या अवधारणा को समझने और सीखने के लिए गलत, अस्वीकार्य और अपर्याप्त साबित हुईं। और इस प्रकार इन धारणाओं को हेय दृष्टि से देखा जाने लगा और बच्चे को शिक्षा और सीखने की प्रक्रिया में सबसे महत्वपूर्ण स्थान दिया जाने लगा। इस प्रकार शिक्षा प्रक्रियाएँ विकसित हुईं और दो आवश्यक तरीके, साधन या तकनीकें इस प्रकार अस्तित्व में आए|

बाल-केंद्रित: अध्यापन बच्चे को मद्देनज़र रख कर होता है।

विषय-केंद्रित: अध्यापन और अध्ययन विषय के इर्द-गिर्द घूमते हैं।

बाल-केन्द्रित शिक्षा को बाल-अनुकूल वातावरण की सहायता से प्रभावशाली बनाया जाता है।

बच्चे के साथ ऐसा व्यवहार किया जाना चाहिए जिससे उसे लगे कि वह कुछ भी करने में सक्षम है और निपुण, प्रतिभाशाली, दक्ष, कुशल और प्रतिभाशाली है। प्रेरणा ऐसी चीज़ है जो उन्हें पढ़ाई की दिशा में बढ़ने के लिए प्रेरित करती है।

उन्हें यह एहसास कराया जाना चाहिए कि वे जो सीख रहे हैं उसकी उपयोगिता है और बाकि सब कुछ खुद-ब-खुद संभल जायेगा।

इस संपूर्ण प्रक्रिया का केंद्र बच्चा है। शिक्षकों का अध्यापन लक्ष्य प्राप्त होने तक बच्चे के इर्द-गिर्द घूमता रहता है। सीखने के उद्देश्य प्राप्त करना है। बच्चा केंद्र होता है और जब तक वह समझ न जाए तब तक हर तरह का प्रयास किया जाता है। शिक्षा के किसी भी साधन का उपयोग करें लेकिन अंततः अवधारणा, विषय या कहानी के बारे में बच्चे की समझ पूरी होनी चाहिए।

विषय केंद्रित दृष्टिकोण विषय पर ध्यान केंद्रित करता है जिसमें बच्चे को दरकिनार कर दिया जाता है । इस प्रक्रिया में छात्र या बच्चे को कहीं भी सामने नहीं लाया जाता है। हम पाते हैं कि शिक्षक लगातार विषय को सामने रखते हैं । कभी-कभी शिक्षक और विषय दोनों इतने प्रमुख होते हैं कि सीखने वाले की भूमिका को पूरी तरह से नजरअंदाज कर दिया जाता है। यह विषय पर बाजा बजाने, और इस हद तक बाजा बजाने जैसा है कि बच्चे मूक और निष्क्रिय भागीदार बन कर रह जाते हैं। शिक्षक आमतौर पर इस तथ्य से अनभिज्ञ होते हैं। भले ही विषय प्रभावशाली ढंग से पढ़ाया जा रहा हो| मामले की सच्चाई यह है कि बच्चे की मानसिक भागीदारी पूरी तरह से अज्ञात और उपेक्षित हो जाती है।

जैसा कि उपरोक्त चित्रण में दिए गए कारकों के बीच का संबंध स्पष्ट रूप से दिखाई देता है:

- बच्चा
- क्षमताएँ
- व्यवहार

- पाठ या विषय या अवधारणा
- अध्यापन और
- अध्ययन

उपरोक्त सभी का अभाव है। यह केवल विषय या शिक्षक पर केंद्रित है।

बच्चे की ओर से कोई सहभाग नहीं है|

बच्चे की क्षमताओं का उपयोग, विकास नहीं होता है या उन्हें प्रोत्साहन नहीं मिलता है।

सकारात्मक, रचनात्मक और विचारशील व्यवहार को पनपने नहीं दिया जाता।

बच्चों का निष्क्रिय सहभाग, शिक्षक द्वारा विषय, टॉपिक या अवधारणा के एकतरफा ज़ोर को ही बढ़ाएगा।

इन कारकों के बीच संबंध या जुड़ाव पूरी तरह से गायब है।

हम यह जुड़ाव कैसे लाएँ?

क्या उपाय है?

शायद सबसे अच्छा समाधान बच्चे पर ध्यान वापस लाना है और इस प्रकार सीखने और सिखाने की प्रक्रिया को बाल-केंद्रित बनाना है।

बाल केन्द्रित: सीखना और सिखाना बच्चे के चारों ओर घूमता है।

प्रश्न यह उठता है:

बाल केन्द्रित शिक्षा क्या है?

इसका उत्तर यह है कि, यह वास्तव में एक 'बाल सहभागी' शिक्षा है।

इसकी व्याख्या करने का सरल तरीका यह है कि हमारा सारा अध्यापन बच्चे पर केंद्रित होना चाहिए। शिक्षक को, पढ़ाने के साथ ही, बच्चे द्वारा ज्ञान को आत्मसात करने की क्षमता को समझने में भी सक्षम होना चाहिए। यदि यह नहीं होता है, तो अध्यापन का उद्देश्य पूरा नहीं होता है।

सफल अध्यापन के लिए एक वातावरण का निर्माण, उचित तकनीकों का उपयोग और अवरोधों से मुक्त होने के लिए बच्चे की जरूरतों को गहराई से समझना आवश्यक है। बच्चा ही महत्वपूर्ण केन्द्र बिन्दु रहता है। पहला कदम बच्चे को सुनने और सहभाग लेने के लिए तैयार करना है। एक बच्चे का मार्गदर्शन करने के लिए, एक शिक्षक को उसकी आवश्यकताओं का निरीक्षण और आंकलन करने की आवश्यकता होती है। ऐसा करने के बाद शिक्षक के लिए अगला कदम अध्यापन की उचित पद्धति की पहचान करना है। यहाँ अध्यापन में उपयोग में लाए जानेवाले नए तरीके आते हैं।

अध्यापन की समावेशी तकनीक में छात्रों के समूह के लिए उपयुक्त विपरीत कारकों का मेल अनिवार्य है। बच्चा शिक्षार्थी होता है। शिक्षक एक मार्गदर्शक होता है। यदि कोई शिक्षक अध्यापन को केवल सीखने की प्रक्रिया को संचालित करने या सुविधाजनक बनाने में सहायक बनने तक सीमित रखता है, तो इससे बच्चा बेहतर तरीके से सीख सकेगा। हमें याद रखना चाहिए कि 'जो करेगा, वह सीखेगा' यह उक्ति अध्यापन/अध्ययन के प्रतिमान में रेखांकित होनी चाहिए।

सबसे पहला और सबसे महत्वपूर्ण होता है विषय के बारे में शिक्षकों के ज्ञान का स्तर। शिक्षक की अपने विषय में निपुणता होना प्राथमिक आवश्यकता है। इसी से शिक्षक किसी भी तत्त्व की सफल व्याख्या कर पाएगा। पाठ योजना तैयार करते समय शिक्षक का नवाचार अपने चरम पर होना चाहिए तथा समूह के प्रकार तथा विद्यार्थियों के स्तर को ध्यान में रखते हुए किसी विशेष अवधारणा के लिए प्रासंगिक तकनीक का उपयोग उसे करना चाहिए।

अब इस स्तर पर इस अवधारणा के लिए उपयोग की जाने वाली तकनीक या शैली या विधि क्या है? यहीं शिक्षा प्रदान करने में, पद्धति या शिक्षाशास्त्र का महत्व निहित है।

इसलिए बाल केन्द्रित शिक्षा में निम्नलिखित पहलू शामिल हैं।

अध्यापक

- पाठ

- अध्ययन
- सोच-विचार
- अवलोकन एवं मार्गदर्शन
- वैयक्तिक संपर्क
- क्षमताओं का स्तर
- विकास

बाल केन्द्रित शिक्षा क्या है?

- विषय-केन्द्रित शिक्षा के विरुद्ध यह एक प्रकार का विद्रोह है|
- शिक्षक एक इच्छुक पर्यवेक्षक और मार्गदर्शक होता है जो बच्चे को प्रोत्साहित करता है, सलाह देता है और उत्तेजित करता है।
- तात्कालिक उद्देश्य एवं रुचियाँ प्रेरक कारक हैं।
- आधुनिक शिक्षा बाल केन्द्रित है।
- रूसो, टैगोर, फ्रोबेल, पेस्टलोझी और मोंटेस जैसे महान दार्शनिक और शिक्षाविद् बाल-केंद्रित शिक्षा के प्रबल समर्थक रहे हैं।

ऐसा माना जाता है कि बाल केन्द्रित शिक्षा एक प्रकार से विषय-केन्द्रित शिक्षा के विरूद्ध विद्रोह है। शिक्षक एक मार्गदर्शक होता है जो बच्चे को सीखने में मदद करता है, मार्गदर्शन करता है, प्रोत्साहित करता है, सलाह देता है और उत्तेजित करता है। इस प्रक्रिया में शिक्षक के लिए बच्चे को शिक्षित करने के लिए कदम उठाने से पहले बच्चे और उसके गुणों को अच्छी तरह से जानना बहुत आवश्यक है। प्रत्येक बच्चे की व्यक्तिगत पृष्ठभूमि, मानसिक संरचना और हर बच्चे की समझने की क्षमता दूसरे से भिन्न होती है। एक शिक्षक को पढ़ाए जा रहे विषय के प्रति बच्चे की क्षमताएँ और खामियाँ समझनी चाहिए। यहीं पर बच्चे की रुचियाँ प्रेरक कारक बन जाती हैं और सीखने और सिखाने की प्रक्रिया के तात्कालिक उद्देश्य को आगे बढ़ाती हैं। आज की शिक्षा मूलतः बाल केन्द्रित है। इतिहास में अलग-अलग समय पर रूसो, टैगोर, फ्रोबेल,

पेस्टलोजी और मोंटेसरी जैसे महान गुरुओं और शिक्षाविदों द्वारा बाल केंद्रित शिक्षा पर जोर दिया गया है।

इसकी आवश्यकता क्यों है?

- मैं सुनता हूँ, मैं भूल जाता हूँ।
- मैं देखता हूँ, मुझे याद रहता है।
- मैं करता हूँ, मैं सीखता हूँ।
- बच्चे को करने दो और सीखने दो।
- बच्चे को कार्य करने दें और सीखने दें।
- बच्चे को सोचने और सीखने दें।
- बच्चे को खेलने दें और सीखने दें।
- बच्चे को खोजने और सीखने दें।
- बच्चे को पढ़ने और सीखने दें।
- बच्चे को सीखने दें और इसमें शिक्षक केवल सहाय्य करें।

अब मुख्य बिंदु जिस पर विचार करने की आवश्यकता है कि 'बाल केंद्रित शिक्षा की आवश्यकता क्यों है?' सरल शब्दों में, इसका मतलब है कि बच्चा विद्यार्थी है और बच्चे के अध्ययन को शिक्षक द्वारा सुगम बनाया जाना चाहिए। अध्ययन सुनकर, देखकर आदि से होता है, लेकिन संपूर्ण अध्ययन तभी होता है जब सीखने की प्रक्रिया का पूरी तरह से पालन किया जाता है।

और यह होता है 'मैं करता हूँ, मैं सीखता हूँ'।

इसमें बच्चे को देने के लिए बहुत सारे दिशा-निर्देश हैं।

- बच्चे को करने दें और सीखने दें।
- बच्चे को कार्य करने दें और सीखने दें।
- बच्चे को सोचने और सीखने दें|
- बच्चे को खेलने और सीखने दें|

- बच्चे को पढ़ने और सीखने दें|
- बच्चे को खोजने और सीखने दें।
- बच्चे को सीखने दें और इसमें शिक्षक केवल सहाय्य करें।

तो हम इस प्रक्रिया को कैसे अपनाएँ?

- बच्चे को चीजों की खोज करने की आजादी दी जानी चाहिए।
- विशेष रूप से बच्चे की आत्म-गतिविधि को प्रोत्साहित करने के लिए खेल, गाने और कार्य विकसित करें।
- बच्चा किसी विषय में अपनी गति से आगे बढ़ता है। शिक्षक की भूमिका बच्चे को समझने की है।
- बच्चे की शिक्षा उसकी रुचि और जरूरतों पर निर्भर करती है। बच्चे का शारीरिक, सामाजिक, भावनात्मक, नैतिक और आध्यात्मिक विकास, बाल-केंद्रित शिक्षा का "मुख्य उद्देश्य" है।
- बाल केन्द्रित शिक्षा का मुख्य उद्देश्य बच्चे को अनुभव के माध्यम से सीखने में सक्षम बनाना है जो स्थायी है। पाठ्यक्रम और विषय बच्चे की आवश्यकता को पूरा करने के लिए अनुभव-उन्मुख होने चाहिए।

प्रक्रिया का व्यावहारिक रूप से पालन कैसे किया जा सकता है?

बच्चे को चीजों की खोज करने की आजादी दी जानी चाहिए। बच्चा जितना अधिक स्वतंत्र और तनाव मुक्त होगा, उतनी ही अधिक संभावना होगी कि उसका दिमाग अवरोधों से मुक्त होगा और इस प्रकार, कुछ भी ग्रहण करने की स्थिति में होगा। यहीं सबसे ज्यादा सीखने को मिलता है।

विशेष रूप से बच्चे की आत्म-गतिविधि को प्रोत्साहित करने के लिए खेल, गेम और गाने और कार्य विकसित करें। बाजार के रेडीमेड गेम और गाने बच्चे को सीखने में मदद तो करते हैं लेकिन सीखने-सिखाने की विशिष्टता खो जाती है। उसी विद्यालय के शिक्षकों की रचनात्मक क्षमताओं से तैयार किए गए चार्ट, डिस्प्ले, मॉडल, गेम और गाने व्यावहारिक रूप से सीखने की प्रक्रिया में अधिक उपयोगी होते हैं।

बच्चा किसी विषय पर अपनी गति से आगे बढ़ता है। शिक्षक की भूमिका बच्चे को समझने की है। शिक्षा के उपकरण विभिन्न स्तरों पर बच्चे की आवश्यकताओं पर आधारित होने चाहिए। इन उपकरणों को प्री-प्राइमरी, प्राइमरी, मिडिल और हाई स्कूल के विभिन्न स्तरों पर संबंधित शिक्षकों द्वारा विकसित किया जाना चाहिए। यह छात्रों के लिए शिक्षा के आवश्यक तरीके लाएगा, जिससे यह न केवल विषय विशिष्ट होगा बल्कि व्यापक तरीके से छात्र विशिष्ट भी बनेगा। बेहतर होगा कि यह व्यापक अर्थों में समाज की शैक्षिक प्रणाली की आवश्यकताओं को भी प्रतिबिंबित करे। सीखने और सिखाने के उपकरण छात्रों को आकर्षित करके और उनमें रुचि पैदा करके सबसे मजबूत प्रेरक कारक बन जाएँगे|

बच्चे की शिक्षा उसकी रुचि और जरूरतों पर निर्भर करती है। बच्चे का शारीरिक, सामाजिक, भावनात्मक, नैतिक और आध्यात्मिक विकास बाल-केंद्रित शिक्षा का "मुख्य उद्देश्य" होता है।

बाल-केंद्रित शिक्षा का मुख्य उद्देश्य बच्चे को अनुभव के माध्यम से सीखने में सक्षम बनाना है जिससे स्थायी शिक्षा प्राप्त हो सके। पाठ्यक्रम और विषय अनुभव-उन्मुख होने चाहिए ताकि बच्चे की ज़रूरतें पूरी हो सकें।

बच्चे को लाभ:

- वैयक्तिकरण: प्रत्येक बच्चे पर व्यक्तिगत ध्यान दिया जाता है।
- बच्चे को सहाय्य किया जाता है, पढ़ाया नहीं जाता।
- प्रत्येक बच्चे को अद्वितीय और विशेष माना जाता है।
- आजीवन अध्ययन की ओर ले जाता है।
- बच्चे को अलग तरीके से सिखाया जाता है।

वैयक्तिकरण क्यों?

जैसा कि हम सभी जानते हैं कि इस ब्रह्मांड में सृष्टि की प्रत्येक इकाई अद्वितीय है। हम मनुष्य कोई अपवाद नहीं हैं। प्रत्येक बच्चा विभिन्न संयोजनों और

क्रमपरिवर्तनों का परिणाम है। इसलिए प्रत्येक बच्चे में सीखने का स्तर अलग-अलग होता है। यहीं से शिक्षा में वैयक्तिकरण का महत्व बढ़ जाता है।

जहाँ बच्चे को सहाय्य किया जाता है न कि पढ़ाया जाता है।

यहाँ सही शब्द शिक्षा नहीं बल्कि सुविधा या सहाय्य प्रदान करना है। क्या अंतर है? जो कुछ भी कोई सिखाता है वह एक बार में ही पढ़ाना है। लेकिन एक बच्चे द्वारा सीखना विभिन्न स्तरों पर होता है जिसे केवल संबंधित शिक्षक ही पहचान सकता है जो लगातार बच्चे के संपर्क में रहता है और उसके साथ बातचीत करता है। यहीं पर उसे मदद की ज़रूरत होती है, दूसरे शब्दों में बच्चे की क्षमता, बुद्धिमत्ता, स्मृति, अभिव्यक्ति आदि विषय में सोचे बिना उसे सुविधा प्रदान करने की आवश्यकता होती है।

जहाँ हर बच्चे को अनोखा और विशेष माना जाता है।

प्रत्येक बच्चा अद्वितीय और विशेष है। मुझे शिक्षा की ऐसी पद्धति में शामिल होने का मौका मिला जहाँ प्रत्येक बच्चे को उसकी क्षमता और आवश्यकता के अनुसार संभाला जाता है। हालाँकि सैद्धांतिक रूप से यह बहुत आदर्श है, व्यावहारिक रूप से यह आसान नहीं है पर असंभव भी नहीं है।

इसमें शिक्षा नहीं है। सीखने के लिए होमवर्क के रूप में एक अवधारणा दी जाती है।

बच्चे को पढ़ना, अर्थ खोजना, समझना, कठिनाइयाँ लिखना और जो समझ में नहीं आता है उसे रेखांकित करना होता है।

परिणाम: केवल कुछ ही प्रतिशत छात्र आगे बढ़े और कक्षा को अवधारणा समझाने में सक्षम हुए, वह भी मदद ले कर।

ऐसे बहुत से बच्चे थे जिन्होंने प्रयास किया और चर्चा के बाद सफल हुए।

अधिकांश छात्र अवधारणा को समझने में सक्षम नहीं थे और केवल टुकड़ों में ही आत्मसात कर पाए जिससे बहुत भ्रम पैदा हुआ। उन्हें पूरी तरह से समझाना बहुत मुश्किल था लेकिन एक बच्चा सही दृष्टिकोण के साथ आपके पास आता है और अपनी पूरी क्षमता से प्रयास करता है।

मुझे ऐसे कुछ छात्र भी मिले कुछ नहीं समझ आया था और उनकी ओर से कोई प्रयास नहीं किया गया था।

इस प्रयोग से मुझे बच्चों की मानसिकता के बारे में काफी जानकारी मिली। व्यावहारिक रूप से मेरे लिए, भारी और विस्तृत पाठ्यक्रम को पूरा करने के दबाव के साथ समय की कमी की वजह से इसे जारी रखना कठिन था। हम बुद्धि, समझ और स्मृति के इतने विविध स्तरों वाले छात्रों को कैसे संभालें? औसत से नीचे के छात्रों को संभालने के लिए बहुत धैर्य, हर तरह से खुद पर नियंत्रण की आवश्यकता होती है। बच्चों को संभालने के इन सभी आदर्शवादी तरीकों के बावजूद, हम सफल महसूस नहीं करते हैं।

प्रत्येक शिक्षक के अधीन कुछ गिनेचुने छात्र दिए जाएँ तो उन्हें संभाला जा सकता है, बशर्ते कि उनपर आवश्यक ध्यान दिया जाए। लेकिन अगर इस पर विचार किया जाये, तो क्या यह व्यावसायिक रूप से संभव है? एक शिक्षक होने का बड़प्पन यहाँ कड़ी चोट खाता है।

जहाँ बच्चा न केवल सीखेगा बल्कि आजीवन विद्यार्थी बनेगा।

मैं यह बता दूँ, जो सर्वविदित है। तथ्य यह है कि स्कूल न केवल पढ़ाई का मंच है, बल्कि जीवन है। स्कूल एक बहुत बड़ा मंच है जहाँ असफलताओं से सफलतापूर्वक निपटने के साथ ही आगे बढ़ना होता है, अपवाद बहुत कम होते हैं। स्कूल एक ऐसा आधार है जहाँ माँ की गोद के सहारे के बिना कठिन भावनाओं के साथ सबक सीखा जाता है। बच्चा धैर्य और दृढ़ता सीखता है, हर बार गिरने पर उठना सीखता है। यह सब से अच्छी सीख है जो बच्चे को अपने स्कूल से मिलती है जो उसे आजीवन शिक्षार्थी बनाती है।

जहाँ एक बच्चे को अलग ढंग से पढ़ाया जाता है।

नई तकनीक, तरोताज़ा वातावरण, नित्यनूतन तरीके, समावेशी, प्रेरणादायक, प्यारभरा, समझदार और सुरक्षित दृष्टिकोन, किसी भी बच्चे के साथ अद्भुत काम करता है। बच्चे का विश्वास हासिल करना उसकी शिक्षा को नई ऊंचाइयों तक ले जाता है। नए तरीके जो बच्चे को प्रकृति के करीब लाते हैं, उसे आजीवन

सीखने वाला बनाते हैं। एक शिक्षक को अलग ढंग से पढ़ाते हुए इसे ध्येय को हासिल करने की जरूरत है।

निष्कर्ष:

- बच्चा सम्पूर्ण शिक्षा प्रक्रिया का केन्द्र है।
- अलग-अलग समय में महान दार्शनिकों ने इस पर जोर दिया है।
- शिक्षक की भूमिका बच्चे को स्वाभाविक रूप से विकसित होने की पूर्ण स्वतंत्रता प्रदान करने के लिए एक मार्गदर्शक और पर्यवेक्षक की तरह होती है।
- बाल केन्द्रित शिक्षा बालक की गुप्त प्रतिभा को प्रकट करने की आदर्श व्यवस्था है।
- इस प्रक्रिया में शिक्षा थोपी नहीं जाती बल्कि बच्चे के विकास के लिए प्राकृतिक प्रोत्साहन है।

मुख्य विषय यह है कि बच्चा संपूर्ण शिक्षा प्रक्रिया का केंद्र है।

- उद्देश्य क्या है?
- संपूर्ण शिक्षा प्रणाली का उद्देश्य एक बच्चे को शिक्षित करना है।
- ऐसा क्यों किया जा रहा है?
- एक बच्चे की ज्ञान के क्षेत्र में बेहतर धारणा और वृद्धि के लिए।
- यह कैसे किया जा रहा है?
- यह बच्चे की बुद्धि और स्मृति के विभिन्न स्तरों पर सीखना, समझना और व्यक्त करना आसान बनाकर किया जा रहा है । शिक्षकों और संस्था द्वारा दिए गए सुरक्षित अनुभव और माहौल के साथ सभी स्तर के बच्चों को सीखने का अवसर और स्वतंत्रता प्रदान की जा रही है ।
- अलग-अलग समय पर महान दार्शनिकों ने इस पर जोर दिया है। आधुनिक समय ने इसका महत्व जानकर इसे स्वीकार कर लिया है। आज की दुनिया में, बच्चे की आसान और उन्नत शिक्षा के एकमात्र

तरीके के रूप में यह लागू किया जा रहा है। सिक्के का दूसरा पहलू यह है कि शिक्षक बच्चे के गुणों और विशेषताओं के आधार पर सुधार के परिणामों के लिए जिम्मेदार है।

- शिक्षक की भूमिका एक मार्गदर्शक और पर्यवेक्षक की होती है जो बच्चे को पूर्ण स्वतंत्रता प्रदान करता है ताकि वह स्वाभाविक रूप से विकसित हो सके। इसमें एक शिक्षक की बिना किसी शर्त के जिम्मेदारी छिपी है कि इसका सही ढंग ढंग से पालन हो।
- बाल केन्द्रित शिक्षा बालक की गुप्त प्रतिभा को प्रकट करने की आदर्श व्यवस्था है।
- शैक्षिक मनोविज्ञान को नजरअंदाज नहीं किया जा सकता क्योंकि यह अध्ययन और अध्यापन का मूल है।

शैक्षणिक मनोविज्ञान

एक छात्र की शिक्षा के लिए शिक्षक ही संपूर्ण और एकमात्र ज़िम्मेदार व्यक्ति होता है। वह शिक्षा के लिए संपर्क का एकमात्र बिंदु है। दूसरे शब्दों में, शिक्षक एक दार्शनिक और मार्गदर्शक होता है। एक विद्यार्थी का पालन-पोषण करने और उसे संपूर्ण व्यक्ति बनाने की जिम्मेदारी शिक्षक पर होती है। वह जवाबदार है और छात्र पूरी तरह से शिक्षक पर निर्भर है। यह देखना शिक्षक का कर्तव्य है कि छात्र का अंतिम रूप शारीरिक, मानसिक, भावनात्मक और आध्यात्मिक विकास के साथ-साथ राष्ट्रवाद की भावना से परिपूर्ण हो। इसलिए, शिक्षकों के लिए शैक्षिक मनोविज्ञान की भूमिका बहुत महत्वपूर्ण है।

अब यह शिक्षा मनोविज्ञान क्या है?

इसकी व्याख्या करने का सरल तरीका यह है कि प्रत्येक बच्चा अद्वितीय और विशेष है, उसकी शारीरिक और मानसिक क्षमताएं अलग-अलग हैं और वह अलग-अलग गति से सीखता है। यह शिक्षक की जिम्मेदारी और कर्तव्य है कि वह प्रत्येक बच्चे को उसकी क्षमता और गति के अनुसार पढ़ाए और यह देखे कि वह उसी के अनुसार सीखे।

एक शिक्षक जो शैक्षिक मनोविज्ञान के बारे में जानता है, वह बच्चे की क्षमताओं से अवगत होता है। वह इस बात से अवगत होता है कि बच्चे को कैसे सुविधा प्रदान की जाए ताकि बच्चे को व्यापक रूप से विकसित व्यक्तित्व के साथ एक सुंदर इन्सान बनने में मदद मिल सके। इस प्रकार, वे छात्रों की समस्याओं को प्रभावी ढंग से हल कर सकते हैं।

शैक्षिक मनोविज्ञान पेशेवरों द्वारा किए गए शोध कार्य पर आधारित है।

इस शोध प्रक्रिया में मानव विकास और वृद्धि के सीखने और सिखाने के सिद्धांतों को लागू करना शामिल है ताकि यह समझा जा सके कि उनका उपयोग कैसे किया जा सकता है। वे ऐसे लोगों के साथ काम करते हैं जो प्रतिभाशाली हैं और ऐसे लोगों के साथ भी जो भिन्न रूप से सक्षम हैं। उनके कौशल के साथ काम करना बहुत आवश्यक है क्योंकि सुनिश्चित शैक्षणिक सफलता को स्कूल अपना लक्ष्य बना रहे हैं।

शैक्षिक मनोविज्ञान शिक्षकों के लिए सामाजिक-भावनात्मक माहौल बनाने और बनाए रखने का एक महत्वपूर्ण उपकरण है जो कक्षा में अनुकूल और सहायक है। परिणामस्वरूप, कक्षाओं में सीखने की प्रक्रिया प्रभावी होती है। शिक्षा विधियाँ महत्वपूर्ण हैं और बच्चों की प्रगति पर निर्भर हैं। ये शोधकर्ता सभी उम्र के बच्चों पर काम करते हैं और उनका अध्ययन करते हैं और अपने विश्लेषणों का उपयोग यह पहचानने और वर्गीकृत करने के लिए करते हैं कि कैसे उनके सामाजिक और व्यवहार संबंधी मुद्दे उनके सीखने में बाधा डालते हैं या बाधित करते हैं। अब यह न केवल पूर्वस्कूली और उच्च कक्षाओं को शामिल करने के लिए विविधीकृत हो गया है, बल्कि वयस्क शैक्षिक सेट अप तक भी फैल गया है। ये मनोवैज्ञानिक संभावित बाधाओं की पहचान करके बच्चों को उनकी पूरी क्षमता से विकसित करने में मदद करने के लिए स्थानीय अधिकारियों, परिवारों और अन्य लोगों के साथ काम करते हैं।

इसलिए मनोविज्ञान का प्राथमिक लक्ष्य है वर्णन करना, स्पष्ट करना, विवरण देना, पूर्वानुमान लगाना और व्यवहार में परिवर्तन करना। कुछ अन्य विधियाँ हैं जैसे आत्मनिरीक्षण, जाँच, अध्ययन, प्रयोग, केस स्टडी, बैठक, संवाद, चर्चा इत्यादि। कोई भी शिक्षा अपने आप में एक प्रणाली है जिसमें सीखने-सिखाने की प्रक्रिया शामिल होती है। इसे बदलते परिवेश और सामाजिक परिवर्तनों के प्रति संवेदनशील होना चाहिए, जिसका प्रभाव शिक्षा, मूल्यांकन, पाठ्यक्रम, साक्षरता, संस्कृति आदि पर पड़ेगा।

हम कहते हैं कि प्रत्येक बच्चा अद्वितीय है क्योंकि उसकी विशेषताएँ प्रतिभा, योग्यता, सामना करने या चुनौती देने की क्षमता; विकास और परिपक्वता के

आधार पर भिन्न होती हैं। ये गुण बुद्धिमत्ता, मौलिकता, साधन संपन्नता और प्रेरणा में विकसित होते हैं। कुल मिलाकर शिक्षा मनोविज्ञान का अध्ययन भी है और उसका अनुप्रयोग भी। यहाँ शिक्षकों को सीखने के उद्देश्यों के लक्ष्य को प्राप्त करने के लिए शिक्षा के उचित माध्यम के साथ योजना बनाने, लागू करने और वितरित करने की आवश्यकता है। यह मानव मनोविज्ञान का वैज्ञानिक अध्ययन है ताकि यह समझा जा सके कि इसका उपयोग शैक्षिक उद्देश्यों के लिए कैसे किया जा सकता है। इसमें बुद्धि, स्मृति जैसी मानसिक क्षमताओं का अध्ययन और इसके उपयोग के प्रभावी तरीके शामिल हैं। शिक्षा का दायरा बहुत व्यापक है। यह एक अंतहीन प्रक्रिया है। यह, मनुष्य के व्यवहार तथा सामाजिक विकास में परिवर्तन के साथ बदलता है और विकास की प्रक्रिया में मानसिक क्षमताओं में भी वृद्धि करता है।

स्कूल मनोवैज्ञानिकों और शैक्षिक मनोवैज्ञानिकों के बीच एक अंतर्निहित अंतर है। स्कूल मनोवैज्ञानिक एक संकीर्ण संभावना और दृष्टिकोण तक सीमित हैं जबकि शैक्षिक मनोवैज्ञानिकों के पास एक अथाह और विशाल दृष्टिकोण है। यह वयस्कों या यहाँ तक कि विकलांग बच्चों से भी संबंधित है। पहला सूक्ष्म है, शिक्षकों और शिक्षार्थियों तक सीमित है। बाद में मैक्रो है, जो समग्र रूप से समाज में अपने पंख फैला रहा है।

स्कूल मनोवैज्ञानिकों और शैक्षिक मनोवैज्ञानिकों का कहना है कि बच्चों के मनोविज्ञान का यही महत्व है।

इस प्रक्रिया में शिक्षा कोई बाहर से थोपी हुई बात नहीं बल्कि बच्चे के विकास के लिए एक प्राकृतिक प्रोत्साहन है।

प्रगतिशील शिक्षा 'कैसे सोचें' के बजाय 'क्या सोचें' पर जोर देती है। यह खोज और स्व-शिक्षा से अधिक होना चाहिए जहाँ शिक्षक केवल सुविधा प्रदान करने वाले हों। बाल केंद्रित और प्रगतिशील शिक्षा अनिवार्य रूप से आज की आवश्यकता है। एक बच्चे को आज के समाज की चुनौतियों का सामना करने के लिए जीवन कौशल के साथ एक नागरिक के रूप में तैयार रहना चाहिए। केवल परीक्षा उत्तीर्ण करने का प्रमाणपत्र होने का कोई मतलब नहीं है। आज

की दुनिया में आप इन्हें खरीद भी सकते हैं। शिक्षा सिर्फ इतनी ही नहीं है बल्कि ज्ञान और व्यक्तित्व का सकारात्मक दिशा में विकास है, जिससे न केवल व्यक्ति को बल्कि बड़े पैमाने पर समाज को भी मदद मिलेगी। शिक्षा किताबी ज्ञान से परे होनी चाहिए। पाठ्यक्रम में प्रभावी परिवर्तन और तदनुसार, ज्ञान, बुद्धि, कौशल और आलोचनात्मक सोच होने के साथ व्यापक व्यक्तित्व को समाज के साथ उचित रूप से जोड़ने की क्षमता होना अपरिहार्य है।

अंतिम लेकिन महत्वपूर्ण बात यह है कि अभिभावक-शिक्षक सहयोग, प्रगतिशील शिक्षा का मूल है।

तो स्कूली शिक्षा क्या है?

शिक्षा एक खूबसूरत यात्रा होनी चाहिए जहाँ बच्चे इस खूबसूरत दुनिया का आनंद लें, जाँच करें, सर्वेक्षण करें और अध्ययन करें। यह सिर्फ क्लास वर्क, होमवर्क, टेस्ट और परीक्षा नहीं है। यह इन सारी संकीर्ण भावनाओं से परे है।

शिक्षा एक त्रिध्रुवीय प्रक्रिया है। स्कूल को शिक्षकों और अभिभावकों के साथ मिलकर काम करने की जरूरत है। जॉन डेविड के अनुसार शिक्षा एक त्रिध्रुवीय प्रक्रिया है। कोई भी शिक्षा प्रणाली जिसका सामाजिक महत्व न हो, अधूरी है।

उन्होंने कहा, "सारी शिक्षा जाति की सामाजिक चेतना में व्यक्ति की भागीदारी से आगे बढ़ती है। शिक्षा एक त्रि-आयामी प्रक्रिया है।"

क्या है

बाल केन्द्रित शिक्षा?

अगर बच्चा उस तरह से न सीख सके

जिस तरीके से मैं पढ़ाता हूँ

तो मैं उस तरह से पढ़ाऊंगा

जिस तरीके से वह सीख सके

खंड II

तकनीक और त्वरक

पाठ नियोजन

पाठ योजना शैक्षिक प्रणाली का एक अनिवार्य हिस्सा है। इसका समग्र दृष्टिकोण यह है कि विभिन्न स्तरों पर एक बच्चे के लिए आसानी और सरलता से आत्मसात करने के लिए प्रकृति में उपलब्ध विशाल जानकारी को कैसे विभाजित किया जाए। इसके लिए प्ले स्कूलों से लेकर विश्वविद्यालयों तक बच्चों की विभिन्न स्तरों पर विभिन्न विषयों की जानकारी और ज्ञान को वर्गीकृत किया जाता है। प्रत्येक स्तर पर ज्ञान संचित होता है, और साल भर में उस ज्ञान को प्रदान करना होता है। इसके बाद विभिन्न स्तरों पर वार्षिक योजना बनाने की जिम्मेदारी शिक्षकों की है।

यह प्रकरण शिक्षक द्वारा विषय को वार्षिक, सेमेस्टर, त्रैमासिक, मासिक, साप्ताहिक और दैनिक में विभाजित करने की व्यवस्थित योजना से संबंधित है।

ग्रेड या वर्ग

विषय.............

शीर्षक या विषय या अवधारणा

उद्देश्य

कार्य या विधियाँ या तकनीकें

पाठ योजना - जैसा कि शब्द से पता चलता है, यह एक व्यवस्थित और संगठित तकनीक है जिसके माध्यम से किसी विषय पर एक अवधारणा या एक पाठ को पढ़ाने की प्रक्रिया को उसकी सामग्री और उसके प्रभागों की प्रासंगिकता के अनुसार कुछ भागों में विभाजित किया जाता है। इस संदर्भ में,

हमें पूरे वर्ष पढ़ाए जानेवाले प्रत्येक विषय की व्यापक समझ होनी चाहिए। इस योजना को आगे समयबद्ध योजनाओं में विभाजित किया जाता है|

यह शिक्षक की सुविधा के लिए किया जाता है, ताकि वह बच्चे को सब कुछ एक साथ पढ़ने की बजाय टुकड़ों में पढ़ा सके। पूरे पाठ्यक्रम को जबरदस्ती उनके गले में उतरने के बजाय यह सुनिश्चित करना चाहिए कि वे इसे थोड़ा-थोड़ा करके आत्मसात करें ताकि वे बेहतर ढंग से समझ सकें और इस प्रक्रिया में खुद को अभिव्यक्त भी कर सकें।

अब देखते हैं कि यह व्यावहारिक रूप से कैसे किया जा सकता है।

पाठ योजना क्या है?

पाठ योजना एक व्यवस्थित रूप से संगठित पाठ या विषय है जिसे शिक्षक क्लास में अपने छात्रों को पढ़ाने के लिए तैयार करता है।

एक पाठ योजना शिक्षक द्वारा चरण-दर-चरण तैयारी है ताकि या तो स्वयं के लिए पढ़ाना आसान हो सके या छात्रों के लिए टुकड़े-टुकड़े करके सीखना आसान हो सके।

एक अच्छी तरह से विकसित पाठ योजना छात्रों की रुचियों और जरूरतों को भी दर्शाती है।

1. वार्षिक पाठ योजना
2. अर्धवार्षिक या सेमेस्टर नुसार योजना
3. तिमाही या इकाई परीक्षण नुसार योजना
4. मासिक पाठ योजना
5. साप्ताहिक पाठ योजना
6. दैनिक पाठ योजना

आज की शिक्षा प्रणाली में सामान्य तौर पर एक वर्ष में सिखाए जानेवाले विषय के अनुसार ग्रेड या क्लासएँ विभाजित होती हैं। यह बच्चे की उम्र, उनकी

शारीरिक, मानसिक, भावनात्मक, सामाजिक और आध्यात्मिक जरूरतों पर आधारित है। इस पाठ्यक्रम का चयन विभिन्न प्रणालियों के तहत, एक चुनी हुई समिति द्वारा किया जाता है, जैसे आईसीएसई, (-इंडियन सर्टिफिकेट ऑफ सेकेंडरी एजुकेशन) सीबीएसई (सेंट्रल बोर्ड ऑफ सेकेंडरी एजुकेशन) या राज्य। एक वर्ष में कवर किए जानेवाले संपूर्ण पाठ्यक्रम को त्रैमासिक, मासिक, साप्ताहिक और दैनिक योजनाओं में व्यवस्थित रूप से विभाजित करने की आवश्यकता है।

वार्षिक योजना पूरे वर्ष के लिए लागू विषय के लिए क्लास में सिखाई जानेवाली एक व्यापक और सर्व-समावेशी योजना है। योजना बनाने के साथ-साथ पढ़ाना आसान बनाने के लिए, इस वार्षिक योजना को अर्ध-वार्षिक या सेमेस्टर नुसार योजना में विभाजित किया जाता है, जो आगे तिमाही या इकाई परीक्षण नुसार योजना, मासिक, साप्ताहिक और दैनिक पाठ योजनाओं में विभाजित है। इस प्रकार, योजना में व्यापक स्तर से सूक्ष्म स्तर तक विषय का नियोजित, समग्र विभाजन किया जाता है ताकि आधुनिक विश्व शिक्षा प्रणाली में शिक्षा को एक आसान उपकरण बनाया जा सके।

इसे आगे अर्ध-वार्षिक या सेमेस्टर नुसार योजना में विभाजित किया जाता है जो सभी विषयों के सभी पहलुओं के परीक्षण को ध्यान में रखता है। ऐसा विभाजन, निश्चित रूप से किसी बच्चे के लिए बोझ नहीं होगा क्योंकि इसे सेमेस्टर के माध्यम से तैयार किया गया है।

तिमाही या जिसे हम इकाई परीक्षण नुसार योजना कह सकते हैं, उपलब्ध दिनों की संख्या के आधार पर 3-4 तिमाही योजनाओं तक फैलाया जा सकता है। इसमें यह तय होता है कि क्या करने की आवश्यकता है या हर तीन महीने में पूरे किए जानेवाले विषय की मात्रा क्या है! फिर, इसमें सेमेस्टर नुसार योजना के समान ही फायदे होते हैं क्योंकि तीन महीनों में बार-बार पढ़ाया और परीक्षण किया जाता है। कुल मिलाकर संभावना यह है कि सीखना बिना किसी अपवाद के सभी स्तरों के बच्चों में व्यापक रूप से होता है।

मासिक, साप्ताहिक और दैनिक योजनाएँ शिक्षकों के लिए बहुत उपयोगी होती हैं क्योंकि वे जानते हैं कि कितना भाग पूर्ण किया जानेवाला है, क्या पूरा किया जाएगा| सबसे महत्वपूर्ण बात यह है कि बच्चों ने कितना सीखा है। इनमें न केवल लिखित बल्कि मौखिक परीक्षण, प्रतियोगिताएँ, खेल के तरीके भी शामिल हैं जिनका मूल्यांकन भी किया जा सकता है। इन मूल्यांकनों से छात्रों की सीखने की क्षमता में सुधार होता है और बेहतर प्रदर्शन भी प्राप्त होता है। औसत से नीचे के बच्चों की पहचान की जा सकती है और उन विशिष्ट व्यक्तिगत बच्चों की जरूरतों के आधार पर उन्हें अतिरिक्त सहायता दी जा सकती है। चूँकि इन दिनों पाठ्यक्रम बहुत कम पढ़ाया जाता है, इसलिए बच्चा बिना किसी कठिनाई के पाठ्यक्रम को आत्मसात कर लेता है और सीखने में सक्षम हो जाता है।

उद्देश्य क्या है?

इसका उद्देश्य शिक्षा के कार्य को आसान एवं सुव्यवस्थित बनाना तथा बच्चों के सीखने हेतु सुव्यवस्थित तरीके से जानकारी उपलब्ध कराना है।

यह कार्यों या विधियों या तकनीकों के माध्यम से हो सकता है।

कैलेंडर की योजना कैसे बनाएं?:

एक वर्ष में कुल दिन – छुट्टियां = कार्य दिवस

हमें वास्तविकता में, पाठ को उपलब्ध क्लास की संख्या के अनुसार विभाजित करने की आवश्यकता है। सब से पहली और सब से महत्वपूर्ण बात यह है कि हमें अन्य गतिविधियाँ और खेल-दिवसों को गिने बिना एक वर्ष में स्कूल के कार्य दिवसों की संख्या गिनने की आवश्यकता है क्योंकि ऐसे दिनों में विषय की शिक्षा नहीं होता है । इस गणना के अनुसार हर विषय के लिए कितने क्लास होंगे यह निश्चित करना चाहिए|

पाठ्यक्रम में पाठों या विषयों या अवधारणाओं की संख्या।

क्लासेस की संख्या तय करने के बाद, पढ़ाए जाने वाले पाठों, अवधारणाओं या विषयों की संख्या का हिसाब रखा जाता है।

प्रत्येक पाठ के लिए क्लासेस की संख्या, पाठ की लंबाई पर निर्भर करता है।

हमें लंबे या कठिन विषयों के लिए अधिकतम क्लासेस रखते हैं। मध्यम आकार के पाठों के लिए कम क्लासेस और छोटे या आसान पाठों के लिए न्यूनतम क्लासेस रखे जाते हैं|

इस प्रकार, सभी पाठों के लिए एक अनुमानित योजना तैयार की जाती है। जहाँ हम योजना के बारे में आश्वस्त हैं, हम प्रत्येक पाठ या अवधारणा के लिए शुरुआत की सटीक तारीखें तय कर सकते हैं, समय अवधि के आधार पर अंत में परीक्षण या परीक्षा तय कर सकते हैं।

उदाहरण:

- पाठ
- विषय - अंग्रेजी
- ग्रेड: 8, 9
- विषय: नॅशनल कॉर्बेट पार्क
- रस्किन बॉन्ड द्वारा लिखित
- आवश्यक क्लासेस की संख्या: 4

उद्देश्य या लक्ष्य:

- भाषा सीखने के मार्ग
- वाचन
- सुनना
- बोलना
- लिखना

1. छात्र पार्क की पहचान करेंगे और उसका वर्णन करेंगे तथा पार्क में पाए जाने वाले सभी प्रकार के जानवरों पर ध्यान देंगे।
2. छात्र पाठ से विवरण और आख्यानों के बारे में जानेंगे और उनकी सराहना करेंगे।
3. सामग्री: पार्क की आभासी सफर करने और जंगल और जानवरों को देखने के लिए कंप्यूटर और इंटरनेट।

क्या-क्या उपयोग में लाना है:

सामग्री: पाठ्य पुस्तक

संदर्भ के लिए कंप्यूटर और इंटरनेट या कोई डिजिटल फॉर्म।

प्रोमेथियन फ्लिपचार्ट: राष्ट्रीय उद्यानों या किसी अन्य स्रोत से जानवरों और पौधों, पेड़ों को वर्गीकृत करना।

जंगल और जानवरों, पक्षियों, पौधों, पेड़ों और उपलब्ध जल निकायों जैसे ठंडे पानी के स्रोतों को देखने के बाद छोटे नोट्स लिखना।

जंगल की शान:

शानदार बंगाल टाइगर्स (चित्रों से - उदाहरण के लिए कॉर्बेट पार्क, भारत के ऑनलाइन संग्रह)

बाघों के सुंदर चित्र एकत्र करें और उन्हें प्रदर्शित करें। बच्चे निश्चित ही उनकी ओर आकर्षित होंगे। क्लास को सुंदर बनाने के लिए इन चित्रों के प्रिंट प्राप्त करें।

ऑनलाइन चित्र लैपटॉप और कंप्यूटर पर प्रदर्शित किए जा सकते हैं। इससे बच्चों को पाठ में शामिल होने के लिए प्रेरणा मिलेगी। यह शैक्षिक उद्देश्यों, मुख्य रूप से सीखने और सिखाने के लिए तंत्रज्ञान का एक बेहतरीन अनुप्रयोग होगा।

हाथियों की चहलकदमी (चित्रों से- उदाहरण के लिए कॉर्बेट नेशनल पार्क, भारत के ऑनलाइन संग्रह या विभिन्न स्रोतों से प्रतिनिधि चित्र आदि)

जंगल में घूमते हाथियों के चित्र प्रदर्शित करने से बच्चे आकर्षित होंगे और उनमें जिज्ञासा और रुचि पैदा होगी। इसके अलावा, सभी आईक्यू स्तरों के छात्र पाठ का अनुसरण करने और समझने और उसके सार को आत्मसात करने में सक्षम होंगे। वीडियो को क्लास में कंप्यूटर और लैपटॉप पर प्रदर्शित किया जा सकता है। जंगल में बच्चों के साथ घूमती माँ-हाथी बच्चों का ध्यान आकर्षित करने का एक बड़ा स्रोत होंगी। यदि संस्था में प्रोजेक्टर की उपलब्धता की कोई समस्या नहीं है, तो इसका उपयोग भी किया जा सकता है, जिससे पाठ की बेहतर समझ हो सकेगी।

चरते हुए हिरन (चित्रों से- कॉर्बेट पार्क, भारत के ऑनलाइन संग्रह या अन्य स्रोतों से प्रतिनिधि चित्र आदि)

जल निकायों के पास जंगल में चरते हिरणों के झुंड एक दिलचस्प अवलोकन बनेंगे और छात्रों को अधिक शामिल होने के लिए प्रेरित करने के लिए एक आकर्षक विकल्प प्रदान करेंगे। शिक्षक इन सभी चित्रों और वीडियो के लिए स्पष्टीकरण प्रदान कर सकते हैं।

सुंदर मोर (चित्रों से- कॉर्बेट पार्क, भारत या किसी अन्य ऐसे स्रोत या यहाँ तक कि मुफ्त डाउनलोड के लिए उपलब्ध रेखाचित्रों के ऑनलाइन संग्रह)

मोर अद्भुत और आकर्षक पक्षी हैं जो आसानी से बच्चों का ध्यान आकर्षित कर लेंगे। शिक्षक पाठ को अधिक रोचक और पढ़ाई को आसान और आनंददायक बना सकते हैं।

दिन के लिए उद्देश्य तय करें ।

राष्ट्रीय कॉर्बेट पार्क दिखाएँ (इंटरनेट)

जानवरों और पक्षियों पर फ्लिपचार्ट प्रारंभ करें। छात्रों से अपनी पाठ्य पुस्तक के संदर्भ निकालने के लिए कहें । जैसे ही हम फ्लिपचार्ट देखेंगे, छात्र विभिन्न प्रकार के पक्षियों और जानवरों की नई परिभाषा और चित्रण जोड़ देंगे।

फ्लिपचार्ट गतिविधि के दौरान निर्देशित अभ्यास के लिए पेज है। छात्र नोट्स लिखते समय निर्देशित अभ्यास पृष्ठों को भरते समय इंटरैक्टिव बोर्ड का भी उपयोग करेंगे।

क्लास से प्रश्न पूछें: पार्क के आभासी सफर के बाद उन्होंने क्या सीखा है? विद्यार्थियों से स्टिकी नोट्स पर उत्तर लिखने को कहें।

कार्य स्पष्ट करें। छात्र पाठ में इस बारे में अलग-अलग प्रश्न बनाएँगे कि वे क्या जानना चाहते हैं। वे सीखने का प्रयास करेंगे और अंत में स्वयं उत्तर देने के लिए तैयार रहेंगे।

राष्ट्रीय उद्यान पर लेखक के विचारों के विभिन्न पहलुओं और विशेषताओं के विवरण के साथ समापन करें।

एक आवश्यक अंतर्निहित गतिविधि जो इस अवधि के दौरान हासिल की जाएगी वह यह है कि बच्चे दृष्टिगत रूप से, ध्वनि और श्रवण के माध्यम से और यहाँ तक कि अवलोकन के माध्यम से भी सीखेंगे और इस प्रकार के प्रदर्शन के माध्यम से अपनी जिज्ञासा को संतुष्ट करेंगे। यह विधि उन सभी प्रकार के छात्रों की ज़रूरतों को पूरा करती है जो अलग-अलग तरीकों से सीखते हैं, यह इस बात पर निर्भर करता है कि उनकी इंद्रियों के कौन से पहलू विकसित हुए हैं। जब संज्ञान और समझ व्यवस्थित तरीके से विकसित होती है तो बच्चा विषय से संबंधित सभी प्रश्नों का उत्तर देने में सक्षम हो जाता है।

चूँकि यह पाठ अंग्रेजी विषय के लिए है, आइए आंकलन करें कि इसने निम्नलिखित उद्देश्यों को कितना पूरा किया है।

सुनना: बच्चे शिक्षक को सुन रहे हैं, शिक्षक, छात्रों और उनके दोस्तों के बीच बातचीत, वीडियो पर कमेंट्री (यदि उपलब्ध हो) सुन रहे हैं। इस प्रक्रिया में वे नई चीजों से परिचित हो जाते हैं और समझते हैं कि एक विशेष तरीके से पढ़ाए जा रहे पाठ के दौरान क्या हो रहा है।

पढ़ना: यह उद्देश्य तब पूरा हो रहा होता है जब बच्चे चित्र या पाठ्य पुस्तक पाठ से पढ़ रहे होते हैं। यह सही उच्चारण और विराम चिह्नों द्वारा बच्चे के

पढ़ने के कौशल को विकसित करता है जिससे न केवल अभिव्यक्ति बल्कि आत्मविश्वास भी विकसित होता है।

लेखन: लेखन कौशल भाषा की एक और आवश्यक विशेषता है जो क्लास में नोट्स बनाने, होमवर्क के रूप में दिए गए असाइनमेंट पर काम करने वाले बच्चे में प्रतिबिंबित होती है जो अप्रत्यक्ष रूप से शब्दावली को बढ़ाती है। इससे वाक्य निर्माण में भी सुधार होता है जो व्याकरणिक रूप से उचित है और विचारों या धारणाओं की उचित अभिव्यक्ति के लिए सही समय पर सही शब्दों का उपयोग होता है।

बोलना: मूलतः, किसी भाषा को बोलना सही प्रकार की सामाजिक संरचना के संपर्क में आने से सीखा जाता है। इसे औपचारिक तरीके से शिक्षा देकर क्लासों में लागू किया जाता है। बोलना अपने आप में एक कला है।बोलने का अर्थ विचारों को उस तरीके से व्यक्त करना है जिसे दूसरे लोग समझते हैं। लेखन की तरह ही, इसमें व्याकरणिक रूप से सही वाक्यों के उचित निर्माण के लिए काफी हद तक शब्दावली का ज्ञान आवश्यक है। यह उद्देश्य भी अन्य उद्देश्यों की तरह ही प्राप्त होता है।

फ्लो चार्ट (अध्यापन):

फ्लो चार्टिंग शिक्षा के संगठित और व्यवस्थित तरीके के लिए स्मार्ट तकनीक पर आधारित एक तकनीक है जो शिक्षकों और छात्रों दोनों के लिए सीखने और सिखाने को एक सरल और आसान तरीका बनाती है। इससे शिक्षक को चरण-दर-चरण तरीके से पढ़ाने में मदद मिलती है, जिससे छात्र को अवधारणा को आसानी से सीखने और समझने में मदद मिलती है।

विषय या पाठ क्या है

उद्देश्य क्या है

अपेक्षित कृति क्या है

कार्य या व्यावहारिक कृति

प्रश्न

अध्ययन

असाइनमेंट

मूल्यांकन

कुछ सुझाव:

आइए संक्षेप में बताएँ:

राज्य मानकों को शामिल करना अनिवार्य और अपरिहार्य है। इसलिए हमें इस पर कायम रहने की जरूरत है।'

शिक्षक को पाठ योजना का एक बहुत ही स्पष्ट, प्रभावशाली और छात्र-अनुकूल डिज़ाइन विकसित करने के लिए एक बहुत ही स्पष्ट उद्देश्य रखना होगा। इसे शिक्षक द्वारा आसानी से क्रियान्वित किया जाना चाहिए ताकि उद्देश्यों की प्राप्ति हो सके।

गतिविधियाँ पाठ योजना के लिए निर्धारित उद्देश्यों पर आधारित होनी चाहिए। पाठ को बच्चों द्वारा आसानी से समझने और आत्मसात करने के लिए उपलब्ध संसाधनों के साथ सरल गतिविधियाँ बनाने की आवश्यकता है।

योजना बनाने के लिए आवश्यक पाठ और सामग्री दोनों का उपयोग सीखने के कई तरीकों के पूरक के रूप में किया जाना चाहिए। मुख्य गतिविधियों को छोटी अतिरिक्त गतिविधियों द्वारा समर्थित करने की आवश्यकता हो सकती है जो आसान तरीके से जटिलताओं या विवरणों को बेहतर ढंग से चित्रित करेगी।

बात पहुँचने का सर्वोत्तम मार्ग चुनना ही मंत्र है! व्याख्यान, चर्चा, बातचीत, रोल प्ले आदि पद्धतियों के रूप में बात पहुँचाना, पाठ की आवश्यकता के अनुसार चुना जा सकता है, जिसमें छात्र सीधे तौर पर भाग लेते हैं।

उदाहरण के लिए, एक हाई स्कूल के लिए क्रिकेट पर एक लंबा पाठ था। इस की सब से अच्छी बात यह थी कि क्रिकेट के बारे में मेरी जानकारी शून्य थी। इसके अलावा, यह पाठ क्रिकेट विशिष्ट शब्दजाल से भरा हुआ था जिससे मैं

अनभिज्ञ थी। लेकिन मुझे उस पाठ के साथ एक क्लास का संचालन करना था। मैंने उस लंबे पाठ को बार-बार पढ़ा। मैं इसमें कुछ भी स्पष्ट नहीं कर सकी क्योंकि मैं खेल के बारे में नहीं जानती थी और इससे भी बूरी बात यह थी कि मैं इसके बारे में जानना भी नहीं चाहती थी क्योंकि इसमें मेरी रुचि शून्य थी। लेकिन मेरे पास वह पाठ पढ़ाने के अलावा कोई विकल्प नहीं था। मैं क्लास में गयी और घोषणा की कि आज का पाठ क्रिकेट पर होगा। मैं लड़कों में नियंत्रित ऊर्जा का अचानक उछाल देख सकती थी जबकि लड़कियों में शरारती मुस्कान। मैंने यह कहकर शुरुआत की कि क्रिकेट के बारे में मेरा ज्ञान बिल्कुल भी नहीं था। लड़के तुरंत कहने लगे, हमें मालूम है| मेरी पूरी योजना मौके पर ही बदल दी गयी| जैसे ही मैंने पाठ पढ़ा प्रत्येक अनुच्छेद को क्लास में अभिरूप खेल द्वारा प्रदर्शित किया गया। लड़के इतने उत्साहित थे कि गेंद के हर स्ट्रोक के साथ पूरा पाठ प्रदर्शन द्वारा समझाया गया। क्लासरूम क्रिकेट पिच में तब्दील हो गया। क्लास में मेरे पढ़ाने के बजाय छात्रों ने मुझे पढ़ाया और वह भी बहुत सफलतापूर्वक।

अ. अपने मूल्यांकन का तरीका निर्धारित करें; मूल्यांकन चर्चा, बातचीत, मौखिक परीक्षण, प्रश्नोत्तरी, लिखित लघु उत्तरीय परीक्षण और दीर्घ उत्तरीय परीक्षण के रूप में हो सकता है क्योंकि यह पाठ और शिक्षक के लिए उपयुक्त है। यहाँ मुद्दा यह है कि एक पाठ को छात्रों द्वारा सफलतापूर्वक समझा और आत्मसात किया जाना चाहिए। मूल्यांकन, स्पष्ट रूप से विद्यार्थियों द्वारा पढ़ाए गए पाठ की समझ का मूल्यांकन है। दूसरे शब्दों में यह एक समीक्षा है। सटीक होने के लिए, हम जो मूल्यांकन छात्रों के बारे में तै करते हैं वह शिक्षक की क्षमता और प्रदर्शन क्षमता का अप्रत्यक्ष अनुमान है।

ब. यदि आप यह चुनते हैं तो अपनी पाठ योजना के लिए एक टेम्पलेट का उपयोग करें। यहाँ शिक्षक के पास व्यापक विकल्प हैं। एक विकल्प तो अपनी क्षमता, रचनात्मकता, छात्रों की जरूरतों और विषय की आवश्यकताओं के आधार पर अपना खुद का टेम्पलेट बनाना है।

दूसरा विकल्प ऑनलाइन एक ऐसा टेम्पलेट चुनना है जो आप की पाठ योजना बनाने की कल्पना के करीब हो।

इससे न केवल बहुत समय बचता है बल्कि बहुत से ऐसे विचार भी मिलते हैं जिन्हें आप चाहें तो अपना सकते हैं।

तीसरा विकल्प इन दोनों का एक संयोजन है जो सीखने और सिखाने दोनों को आसान बनाने के आप के उद्देश्यों को पूरा करेगा।

क्लास प्रबंधन

क्लास प्रबंधन रणनीतियाँ:

क्लास रूम अपने आप में एक दुनिया है। यह सीखने और शिक्षित होने के उद्देश्य से बनायी गयी एक लघु सामाजिक व्यवस्था है। क्लास के इस समूह की अपनी उम्र के अनुसार प्रासंगिकता के साथ अपनी एक व्यवस्था होती है। क्लास प्रबंधन एक जटिल विषय है। इससे निपटना और भी जटिल है। अद्यतन विषय ज्ञान के अलावा, न केवल एक विषम समूह को संभालने में धैर्य की आवश्यकता होती है, बल्कि विभिन्न प्रकार की पारिवारिक पृष्ठभूमि होनेवाले विभिन्न प्रकार के व्यवहारवाले हर बच्चे को समझने की भी आवश्यकता होती है। समस्याएँ यहीं उत्पन्न होती हैं और उनसे अलग तरीके से निपटने की जरूरत होती है।

व्यवहार प्रबंधन:

कुछ ऐसे छात्र होते हैं जो सोचते हैं कि वे क्लास में अपनी शक्ति और ताकत से कुछ भी कर सकते हैं। उनके अनुसार पराक्रम दिखाना ही सही होता है। वे क्लास में अन्य बच्चों पर हावी होने की कोशिश करते हैं। वे अपने नियमों में विश्वास करते हैं और उन्हें लागू करने का प्रयास करते हैं। लेकिन डर के कारण स्कूल के अनुशासन का पालन करते हैं। वे सज़ा से डरते हैं।

इस तरह के बच्चों से पेचीदा तरीके से निपटने की ज़रूरत होती है, जहाँ उनके अहंकार को ठेस न पहुंचे और उनके मानस को भी नरम तरीके से संभाला जाए ताकि दिमाग शिक्षा के लिए तैयार रहे। ऐसे बच्चों की संख्या कम होती है। लेकिन इसका असर तालाब में गन्दी मछली जैसा होता है। इन्हें कठोर

तरीके से नहीं संभाला जा सकता, अगर ऐसा किया गया तो यह फिरसे उसी तरह का व्यवहार करने लगेंगे। इससे निपटने का सबसे अच्छा तरीका है, नरम और प्रसन्नचित्त होकर, उन्हें क्लास की गतिविधियों में शामिल करें ताकि वह सीख सकें। एक बार जब उन्हें पता चलता है कि उनकी देखभाल की जा रही है, तो उनका नकारात्मक व्यवहार कम हो जाता है, जिससे वह मुख्य शिक्षा में सम्मिलित हो जाता है। ऐसे छात्रों को संभालने के बारे में लिखना और बात करना आसान है लेकिन व्यावहारिक रूप से संभालना मुश्किल है। इसके लिए बहुत धैर्य और छात्र के मन को समझने की आवश्यकता है ताकि सकारात्मक परिणाम प्राप्त हो सकें। और यह असंभव भी नहीं है। इस दृष्टिकोण के लिए अध्यापकों द्वारा बच्चे को नरम करने के लिए स्नेह, धैर्य, समझ और कोमल स्पर्श की आवश्यकता होती है। यह संभव है। शिक्षक के अनुभव से अधिक सकारात्मक परिणाम प्राप्त किये जा सकते हैं।

इसके लिए हर स्तर पर प्रेरणा की आवश्यकता होती है। किसी बच्चे को पुरस्कार और दंड देकर प्रेरित करना कामकाजी तरीकों में से एक प्रतीत होता है। आज की दुनिया में, सज़ा को खारिज कर दिया गया है। लेकिन इनाम, प्रशंसा के साथ प्रेरित करना और बच्चे के सकारात्मक बिंदुओं को सामने लाना

बहुत महत्वपूर्ण है और ज्यादातर मामलों में व्यावहारिक है। सज़ा का स्थान इनाम ने ले लिया है, यह ठीक ही है। आश्चर्यजनक रूप से, यह अद्भुत परिणामों के साथ काम करता है। यह बच्चे के आत्मविश्वास को भारी बढ़ावा देता है और यह बच्चे के सीखने में परिलक्षित होता है। अध्यापक को ऐसे बच्चों को संभालने के प्रति आश्वस्त होना चाहिए। यदि अध्यापक बहुत आश्वस्त नहीं है, तो ऐसे बच्चे अध्यापकों का फायदा उठाने की कोशिश कर सकते हैं। पुरस्कार मौखिक प्रशंसा, लिखित प्रशंसा, समूह में सराहना या शाबाशी के रूप में हो सकते हैं!! ये निश्चित रूप से काफी हद तक काम करते हैं।

इस श्रेणी में कार्य करने वाले छात्र विकासात्मक चरण में हैं और अनुशासन का पालन करने के लिए मानसिक रूप से तैयार हैं। जब अध्यापक उन्हें स्नेहपूर्ण तरीके से अनुशासित करने का प्रयास करता है, तो वे समझते हैं और उसका

पालन करते हैं। बहुत अधिक दावे का शायद उल्टा असर होगा। प्रशंसा मिलने पर वे खुश होते हैं और क्लास में अनुशासन का पालन करने के लिए तैयार रहते हैं। सराहना की उनकी भूख को पूरा किया जाना चाहिए और जिससे वे सर्वश्रेष्ठ छात्र बन जाते हैं। खुश करने की प्रक्रिया में वे बेहतर व्यवहार करते हैं, खुश रहते हैं और सीखने के लिए तैयार रहते हैं। स्पष्ट रवैया यह है कि अगर मेरी देखभाल की जाती है, प्यार किया जाता है, प्रशंसा की जाती है और सराहना की जाती है तो मैं अपने व्यवहार में सर्वश्रेष्ठ रहूँगा। सर्वोत्तम परिणाम प्राप्त करने और क्लास में सीखने का माहौल बनाने के लिए अध्यापकों के पास अपनी सर्वांगीण आवश्यकताओं को पूरा करने के अलावा कोई विकल्प नहीं है।

इस श्रेणी के बच्चे दूसरे बच्चों को समझने की कोशिश करते हैं। वे नहीं चाहते कि उनसे काम करवाया जाए या उनका अपमान किया जाए। एक बार सराहना करने पर वे आज्ञाकारी बनने के लिए तैयार हो जाते हैं। वे ऐसे छात्र बन जाते हैं जो व्यवहार में उदार होते हैं और जैसा कहा जाता है वैसा करने में प्रसन्न होते हैं। वे अपने अध्यापकों और माता-पिता दोनों को खुश करने में अधिक रुचि रखते हैं। वे क्लास में अनुशासन बनाए रखने का प्रयास करते हैं क्योंकि उन्हें ऐसा करने के लिए कहा जाता है। वे क्लास में न तो दूसरों पर हावी होते हैं और न ही उन्हें धमकाते हैं।

प्रत्येक क्लास में कुछ बच्चे ऐसे होते हैं जो स्व-अनुशासित होते हैं और उन्हें अध्यापकों या माता-पिता से किसी भी दावे की आवश्यकता नहीं होती है। वे जानते हैं कि क्या करना है, कब और कैसे करना है। हमें उनके साथ काम करने में मजा आता है क्योंकि वे कम से कम परेशानी देनेवाले होते हैं। वे आसानी से सब समझते हैं और परिश्रम के साथ पूरी तरह से और न्यूनतम गलतियों के साथ काम करते हैं या बिल्कुल भी गलती नहीं करते हैं। आप इन बच्चों को एक प्रोजेक्ट के साथ अकेला छोड़ सकते हैं और 20 या 30 मिनट बाद वापस आकर उन्हें अभी भी काम पर लगा हुआ पा सकते हैं। वे ऐसा व्यवहार करते हैं क्योंकि, उनके दिमाग में, ऐसा करना ही सही काम है।

अपना पाठ शुरू करने से पहले सुनिश्चित करें कि आपकी क्लास में सभी का ध्यान आप पर हो । उन छात्रों की बक-बक पर पढ़ाने का प्रयास न करें जो ध्यान नहीं दे रहे हैं।

ग्यारहवी क्लास को पढ़ाने के मेरे एक अनुभव में, जिसमें लगभग 16-18 वर्ष के छात्र किशोरावस्था के अंत में शामिल थे। मेरी क्लास में तीन छात्र थे जो कि घनिष्ठ मित्र थे। वे बहुत ज़ोर ज़ोर से बातचीत किया करते थे, पूरे समय लगातार आपस में बातें करते रहते थे। मेरी किसी भी चेतावनी का उनपर कोई असर नहीं हुआ। मैंने अन्य शिक्षकों से उनकी क्लासों में इन छात्रों के व्यवहार के बारे में जानने की कोशिश की। सभी अध्यापकों का अनुभव समान था। प्रबंधन की ओर से सख्त निर्देश थे कि छात्रों के साथ किसी भी तरह का दुर्व्यवहार नहीं किया जाना चाहिए और न ही उनसे कोई काम करवाया जाना चाहिए। एक दिन, मेरा धैर्य ख़त्म हो गया और मैंने उन्हें क्लास में उनकी आलोचना कर दी जो उन्हें अच्छी नहीं लगी। बात क्लास के बाहर फैल गई।

हर तरफ से, अनगिनत प्रतिक्रियाएं आईं। मैंने चुप्पी बनाए रखी और कोई प्रतिक्रिया नहीं दी। यह उनके सकारात्मक व्यवहार की शुरुआत थी जिसे मैंने क्लास में तो पूरी तरह से नज़रअंदाज़ कर दिया, लेकिन उनके दोस्तों के सामने उनकी प्रशंसा की। इसने इस हद तक अद्भुत काम किया कि उन्होंने फेसबुक पर मुझसे माफ़ी माँगी| मैं सचमुच प्रभावित हुई। इन तीनों ने अपनी शिक्षा पूरी की और बहुराष्ट्रीय कंपनियों द्वारा चुने गए और खुशी-खुशी अपने करियर में स्थापित हो गए।

यह सच हो सकता है कि पहला निर्देश छात्रों को यह बताना है कि उस दिन क्लास में क्या पढ़ाया जानेवाला है। यह पूरी तरह से क्लास में अध्यापक का विशेषाधिकार है कि किसी विशेष क्लास को पाठ या विषय पढ़ाने के लिए क्या क्या करना होगा। क्लास को प्रबंधित करने के लिए किस प्रकार के मौखिक, गैर-मौखिक संकेतों या इशारों का उपयोग किया जाना चाहिए, यह पूरी तरह से अध्यापक की पसंद या विशेषाधिकार है। इन्हें सीधे तौर पर समझाया जा सकता है। जब तक अध्यापक पढ़ाता है और सिखाता है, जब

तक सकारात्मक अनुशासित वातावरण बना रहता है, तब तक इसमें कोई दिक्कत नहीं होनी चाहिए।

किस स्तर पर क्या निर्देश दिया जाना है या ग्रेड विभिन्न स्तरों पर भिन्न है और अध्यापकों के निर्णय पर आधारित है। इन प्रत्यक्ष निर्देशों को प्राथमिक, मध्य और माध्यमिक स्तर पर अलग-अलग तरीके से तय करने की आवश्यकता है।

मेरा अनुभव कहता है कि क्लास शुरू करने का सब से अच्छा तरीका एक किस्सा, एक घटना या एक अनुभव बताना है जो बच्चों को सुनने और फिर सीखने और सिखाने की सामान्य प्रक्रिया का पालन करने के लिए प्रेरित करता है। यह किसी बहादुरी भरे कार्य या करुणा या हास्यपूर्ण घटना आदि के आप के अपने दिन-प्रतिदिन के अनुभव हो सकते हैं। वास्तव में पूरी क्लास जिज्ञासावश उन्हें सुनने के लिए इंतजार करती है।

क्लास के प्रबंधन का कार्य करने के दो पहलू हैं। एक है नियमित क्लास प्रबंधन और दूसरा है परीक्षाओं के दौरान दी जानेवाली लिखित असाइनमेंट या परीक्षण। नियमित क्लासों के दौरान और लिखित कार्य आयोजित करने जैसे विशेष समय के दौरान दिए गए निर्देश अलग-अलग होते हैं। नियमित क्लास में व्यवहार की समय-समय पर जाँच की जानी चाहिए। क्लास की शुरुआत में दिए गए निर्देश काम नहीं कर सकते। इसलिए सौम्य अनुस्मारक दिए जाने की आवश्यकता है ताकि अनुशासन कायम रहे।

क्लास की निगरानी करना एक अध्यापक के लिये चुनौतीपूर्ण हिस्सा है। एक अध्यापक जो क्लास में घूम-घूमकर प्रभावी ढंग से जाँच करता है, यह पता लगाता है कि क्या सभी ने लिखना शुरू कर दिया है या अपना नाम लिखा है या वह सही पृष्ठ पर है। उसे यह भी जांचना होगा कि उत्तरों की संख्या सही ढंग से दी गई हों, लेबल सही ढंग से लगाए गए हैं या नहीं।

उन्हें बच्चे की छोटी-छोटी समस्याओं को सुलझाने में व्यक्तिगत रूप से मदद करने की स्थिति में होना चाहिए ताकि बच्चा आसानी से लिख सके।

मैकडैनियल हमें एक कहावत के बारे में बताते हैं जो कहती है “मूल्य आत्मसात किए जाते हैं, सिखाए नहीं जाते।” जो अध्यापक विनम्र, तत्पर, उत्साही,

नियंत्रण में, धैर्यवान और संगठित होते हैं वे अपने व्यवहार से अपने छात्रों के लिए उदाहरण प्रदान करते हैं।

जो अध्यापक कठोर रवैये के साथ संवाद करते हैं वे मुसीबतों को बुलावा देते हैं। जो छात्र अपने अध्यापकों को आदर्श के रूप में देखते हैं वे भ्रमित होते हैं और मिश्रित समझ के साथ व्यवहार करते हैं। परिणामस्वरूप उनका व्यवहार विद्यालय एवं अध्यापकों की अपेक्षाओं के अनुरूप नहीं होता है। मृदुभाषी अध्यापक को विद्यार्थियों से मृदु वाणी प्राप्त होती है। इस तरह संचार नरम और परिपक्व हो जाता है। इसीलिए मधुर वाणी वाले अध्यापक की सदैव सराहना की जाती है। एक शांत आवाज़ हमेशा सुखद, आनंददायक और हमेशा चाही जाने वाली होती है। अपने मूल्य-आधारित व्यवहार के लिए अध्यापक पर बहुत अधिक जिम्मेदारी होती है क्योंकि यह अंततः छात्र के व्यवहार और व्यक्तित्व को प्रभावित करेगा। इसलिए अध्यापक को हर पल यह एहसास होना चाहिए कि एक आदर्श के रूप में उसका व्यवहार हमेशा बच्चों की नजरों के सामने रहता है।

अब बात यह है कि अध्यापक, क्लास में बिना शब्द बोले कैसे संवाद करता है। इन्हें अशाब्दिक संकेत कहा जाता है। कुछ लाइट स्विच फ़्लिप करते हैं । अन्य लोग क्लिकर्स का उपयोग करते हैं, हालाँकि मैंने ऐसा कभी नहीं किया। मुझे इसकी प्रभावशीलता पर बहुत अधिक संदेह है। चेहरे के भाव, शारीरिक मुद्रा और हाथ के संकेत कुछ हद तक काम करते हैं। इन बातों का ध्यान रखना बहुत जरूरी है। मेरे अनुभव में, अध्यापकों को उनके सहकर्मी समूह के छात्रों द्वारा इन संकेतों से पहचाना गया था। इससे उन्हें इतना मज़ा आता था कि यह उनके लिए आनंद का विषय बन जाता था। सब से अच्छी बात यह है कि आप उन्हें पहले ही बता दें कि आप क्या बताना चाहते हैं, ताकि इन संकेतों का उपयोग करने में कम से कम समय लगे।

एक क्लास उत्साहपूर्ण, प्रसन्नतापूर्ण जगह हो सकती है। छात्र ऐसे वातावरण का आनंद लेते हैं जो समय-समय पर बदलता रहता है। चित्रों और रंगों के साथ अध्ययन केंद्र आपके विषय के प्रति उत्साह को आमंत्रित करते हैं। युवा

आपके और आपकी रुचियों के बारे में जानना पसंद करते हैं। अपनी क्लास में व्यक्तिगत वस्तुएँ शामिल करें। आपके डेस्क पर एक पारिवारिक तस्वीर या किसी शौक या संग्रह की कुछ वस्तुएं आपके छात्रों के साथ व्यक्तिगत बातचीत को गति प्रदान करेंगी। जैसे-जैसे वे आपको बेहतर जानने लगेंगे, आपको अनुशासन के साथ कम समस्याएं दिखेंगी।

जिस प्रकार आप अपनी क्लास को समृद्ध बनाना चाहते हैं, उसी प्रकार कभी-कभी आप इसे दरिद्री भी बनाना चाहते हैं। आपको कुछ विकर्षणोंवाले एक शांत कोने की आवश्यकता हो सकती है। कुछ छात्र दृश्य अन्वेषण में फंस जाएंगे। उनके लिए छींटे और रंग एक सायरन हैं जो उन्हें काम से दूर ले जाते हैं। पहले उन्हें अपना काम पूरा करने दें और फिर कमरे के बाकी हिस्सों का पता लगाने और उनका आनंद लेने के लिए वापस आएं।

ऐसी गतिविधियों के लिए, हम बच्चों की संख्या को समूहों में विभाजित कर सकते हैं और उन्हें चित्रों या उपलब्धियों के विभिन्न दिलचस्प प्रदर्शन के साथ के माहौल को बेहतर बनाने के लिए विशिष्ट कार्य दे सकते हैं। कई छात्रों के लिए, अवधारणा को समझने या विभिन्न घटनाओं, गतिविधियों या उपलब्धियों के बारे में उनकी जानकारी बढ़ाने में दृश्य का प्रभाव अधिक असरदार होता है।

यह सब अध्यापक पर निर्भर करता है कि वह वातावरण को अधिक रंगीन, माहौल को अधिक प्रभावशाली और स्वीकार्य बनाये। पूरे वर्ष एक जैसा प्रदर्शन एकरसता लाता है। बदलाव के लिए, क्लासों को विषयवार या पाठवार या अवधारणावार चार्ट और डिस्प्ले डिज़ाइन किया जा सकता है जो न केवल बच्चे को सीखने में मदद करता है बल्कि सीखने के लिए अनेक दरवाज़े भी खोलता है।

एक प्रभावी अध्यापक इस बात का ध्यान रखेगा कि छात्र ध्यान का केंद्र बनकर दुराचार के लिए पुरस्कृत न हो। वह अपनी क्लास में चारों ओर घूमते हुए हर गतिविधि पर नज़र रखता है। वह समस्याओं के घटित होने से पहले ही उनका अनुमान लगा लेता है। दुर्व्यवहार करने वाले छात्र के प्रति उसका

दृष्टिकोण अस्पष्ट होना चाहिए, ताकि क्लास में अन्य लोगों का ध्यान न भटके। अपनी क्लास में व्याख्यान देते समय, यह अध्यापिका नाम-लेने का प्रभावी उपयोग करती है। यदि वह किसी छात्र को बात करते हुए देखती है या काम न करते हुए देखती है, तो वह स्वाभाविक तरीके से अपने संवाद में उस युवा का नाम ले लेती है। "और हम देखेंगे डेविड, हम एक को दहाई के कॉलम में ले जाते हैं।" डेविड अपना नाम सुनता है और काम पर वापस लग जाता है। क्लास के बाकी सदस्य शायद इस सूक्ष्मता पर ध्यान न दें।

अनुशासन पर जोर नहीं दिया जाना चाहिए। माहौल ऐसा बनाया जाना चाहिए कि बच्चा सहज रूप से अपने भीतर से अनुशासन लाए। ज़ोर दिया गया अनुशासन पारंपरिक सीमा निर्धारण जैसा होता है। यह उच्च स्तरीय अनुशासन होता है। अध्यापक बॉस है और किसी भी बच्चे को, किसी भी छात्र की पढ़ाई में हस्तक्षेप करने का अधिकार नहीं है। स्पष्ट नियम बनाए गए हैं और उन्हें लगातार लागू किया जाता है।

इस दृढ़ अनुशासन पर मेरी राय कुछ और है। क्लास में एक दोस्ताना माहौल बनाना और खुद को उनका दोस्त बनाना क्लास में अनुशासन लाने का सबसे अच्छा तरीका है। छात्र उस अध्यापक का सम्मान करते हैं जो एक मित्र की तरह होता है और बच्चों की बात सुनता है। विद्यार्थियों की आपस में बातचीत तब तक स्वीकार्य है जब तक सब कुछ सही दिशा में चल रहा है। जो मूक वर्ग अंतःक्रिया को बढ़ावा नहीं देते वे कई पहलुओं में हार जाते हैं। वे गैर-सीखने वाली क्लासएँ हैं जिनमें बच्चों के बीच कोई लेना-देना नहीं होता।

उपरोक्त तर्क को आगे बढ़ाने के लिए, आम तौर पर छात्र अपने अध्यापकों की तुलना में अपने संदेहों को दूर करने के लिए बेहतर आईक्यू वाले अपने दोस्तों के साथ अधिक सहज होते हैं। वे अपने काम को सुचारू रूप से पूरा करने के लिए सुधार के साथ उसे जारी रखने के लिए ज्यादातर अपने दोस्तों पर निर्भर रहते हैं।

"मैं" संदेश जैसे, "मैं तुम्हें चाहता हूँ ..." या "मुझे तुम्हारी जरूरत है..." या "मैं तुमसे उम्मीद करता हूँ ..." आमतौर पर क्लास में दुर्व्यवहार करने वाले

न्यूनतम छात्रों के लिए उपयोग किया जाता है। इसके बजाय यह समझाया जाना चाहिए। वह अकेला बच्चा समझ जाता है और उसके अनुसार व्यवहार करता है और इस प्रकार, एक सकारात्मक वातावरण तैयार हो जाता है। यह और भी आसान और सहज हो जाता है अगर बच्चों को यह समझाया जाए कि ऐसा क्यों होना चाहिए। 95% विद्यार्थी जानते हैं कि एक गन्दी मछली तालाब को गंदा कर देती है। इसका ध्यान रखना चाहिए, ताकि दूसरे बच्चे प्रभावित न हों। ऐसा व्यवहार दुर्लभ है, इसलिए यह वास्तव में चिंता का विषय नहीं है।

जो अध्यापक इस तकनीक का अच्छा उपयोग करेगा वह बच्चे का ध्यान सबसे पहले उसके इच्छित व्यवहार पर केंद्रित करेगा, न कि दुर्व्यवहार पर।

जब क्लास चल रही होती है, तो अध्यापक बच्चों से अपेक्षा करता है कि वे अच्छा व्यवहार करें और जो पढ़ाया जा रहा है उसे सुनने और समझने के लिए शांत रहें। यदि ऐसा नहीं होता है, तो अध्यापक की प्रभावशीलता कम हो जाती है। अपने प्रभावी शिक्षा के स्तर को बनाए रखने के लिए, उसे शिक्षा शुरू होने से पहले कुछ निर्देश देने की आवश्यकता होती है। जैसे कि 'जब मैं बात करूँ तो बात मत करना'। जो पढ़ाया जा रहा है उसे समझना कठिन हो जाता है। 'मेरे समाप्त होने के बाद आपकी शंकाओं का समाधान किया जा सकता है।' 'यदि शोर और अशांति होगी, तो मुझे पढ़ाना बंद करना होगा, जो कि अच्छा नहीं है क्योंकि इससे किसी को कोई लाभ नहीं होगा।

इस प्रकार की गड़बड़ी और शोर का स्तर बहुत अधिक हताशा पैदा करता है। यह अध्यापक को परेशान और हतोत्साहित करता है। मुझे यकीन है कि अध्यापक के रूप में हममें से अधिकांश ने क्लास में इस प्रकार के व्यवहार का अनुभव किया है। जब तक अध्यापिका स्वयं स्पष्ट और श्रव्य न हो, तब तक उसके लिए शोर को नियंत्रित करने के लिए बच्चों तक इन भावनाओं को व्यक्त करना कठिन होता है। केवल कुछ छात्र ही परेशान करने वाले होते हैं। यदि अध्यापक इन कुछ बच्चों के साथ अच्छा संबंध विकसित कर लेता है, तो यह आसान हो जाता है क्योंकि ये बच्चे उससे प्यार और सम्मान करने लगते हैं।

बच्चों के साथ व्यवहार करते समय स्वयं हमेशा सकारात्मक रहें। 'नहीं' के स्थान पर हमें सकारात्मक वाक्यांशों का उपयोग करने की आवश्यकता है जैसे, संगठित रहें, अनुशासित रहें, क्लास के नियमों का पालन करें, अच्छे दोस्त बनें और एक-दूसरे की मदद करें, अवकाश या दोपहर के भोजन के समय ही कुछ खाएं, कतार में चलें, धीरे से बात करें। जहाँ किसी नकारात्मक शब्द का प्रयोग न हो, ऐसी बातें कहनी चाहिए। बच्चों को समझना चाहिए कि क्लास के नियम महत्वपूर्ण हैं और उनका पालन किया जाना चाहिए। किसी बच्चे की व्यक्तिगत रूप से प्रशंसा करना सबसे अच्छी बात होती है। हम जानते हैं कि हर बच्चे में अच्छे गुण होते हैं। यह सिर्फ इस बात पर निर्भर करता है कि हम क्लास में उन्हें कैसे स्वीकार करते हैं, उनकी प्रशंसा करते हैं और उनकी सराहना करते हैं, जिससे यह सुनिश्चित होता है कि बच्चे का विकास हो और अध्यापक के प्रति उसमें सकारात्मक भावनाएं पैदा हों। अंतिम प्रभाव क्लास में छात्रों का अच्छा और स्वीकार्य व्यवहार है।

सामान्य तौर पर एक बहुत ही व्यापक और समझदार योगदान विभिन्न शैक्षिक वेबसाइटों पर उपलब्ध ऑनलाइन संसाधनों तक पहुंचना है, जहाँ कोई अध्यापकों, छात्रों और अन्य लोगों के लिए सीखने और बहस और चर्चा के लिए अपनी बात रखने के लिए एक मंच बना सकता है। कोई भी वहाँ कुछ डाल सकता है और कुछ सीख सकता है। विशेष रूप से नए अध्यापकों को विभिन्न संचार के चैनल जैसे समाचार पत्र, फ़िल्में, वेबसाइटें, पत्रिकाएँ, वृत्तचित्र, रेडियो आदि के प्रति खुला दिमाग रखना चाहिए। विषय विशेष को और असरदार बनाने के लिए कोई भी व्यक्ति अपनी क्लासों में इन शिक्षाओं का सार जोड़ सकता है। यद्यपि अध्यापक क्लास प्रबंधन पर ध्यान केंद्रित करता है, लेकिन ये तरीके शिक्षा को और अधिक रोचक बनाने के लिए व्यापक पहलुओं को बढ़ाने और योगदान देने में मदद करते हैं।

हमारा लक्ष्य इस शेक्सपियरियन उत्कृष्ट कृति को स्वीकारना और समाचार लेखों, गैर-काल्पनिक टुकड़ों, तंत्रज्ञान और हाल की समाचार घटनाओं के उपयोग के माध्यम से इसके शिक्षा को आधुनिक बनाना है, साथ ही नए कॉमन

कोर स्टेट मानकों 1, 2, 3, 4, 5 और 7 को हमारे पाठों, समूह और स्वतंत्र गतिविधियों, लेखन कार्य, प्रश्नोत्तरी आदि के माध्यम से पूरा करना है।

यह अध्यापकों को काम करने के लिए सशक्त बनाने के लिए है।

शिक्षा तकनीकें (शिक्षाशास्त्र)

शिक्षा पद्धति:

प्राचीन वैदिक पद्धति

गुरुकुल में वैदिक पद्धति का अभ्यास कराया जाता था।

6 साल की उम्र में पढ़ाना शुरू करें, हालाँकि यह काफी लचीला था।

18 वर्ष की आयु तक वैदिक शास्त्रों को कंठस्थ करें।

किसी विशेष क्षेत्र में विशेषज्ञ बनें।

जब तक याद किया गया ज्ञान आत्मसात न हो जाए, तब तक चिंतन और चर्चा करें।

बौद्धिक विश्लेषण करें।

गुरुकुल प्राचीन भारत में एक प्रकार की शिक्षा प्रणाली थी जिसमें शिष्य गुरु के निकट या उनके साथ एक ही घर में रहते थे। गुरुकुल प्रणाली को एक नई परंपरा प्राप्त हुई। अध्यापक को गुरु और विद्यार्थियों को शिष्य कहा जाता है। गुरुकुल में, एक साथ रहने वाले छात्रों को उनकी सामाजिक स्थिति के बावजूद, समान माना जाता है। प्राचीन शिक्षा व्यवस्था का उद्देश्य प्राचीन संस्कृति का संरक्षण एवं प्रसार था। वैदिक काल में इसका मुख्य उद्देश्य व्यक्ति की आध्यात्मिक और नैतिक शक्ति को उजागर करना था। शिक्षा का उद्देश्य छात्र के शारीरिक, मानसिक और बौद्धिक व्यक्तित्व की पूर्णता था।

प्राचीन शिक्षा प्रणाली में गुरुकुल एक प्रकार का विद्यालय था। गुरुकुल प्रणाली एक प्राचीन शिक्षा पद्धति है। गुरुकुल वैदिक युग से अस्तित्व में है।

उनका मुख्य उद्देश्य ज्ञान विकसित करना है और वे शिक्षा पर अत्यधिक ध्यान केंद्रित करते थे। छात्र वहां एकत्रित होंगे और अपने गुरु से वेद सीखेंगे।

वैदिक शिक्षा की मुख्य विशेषताओं को संक्षेप में इस प्रकार गिनाया जा सकता है:

ज्ञान

शिक्षा की भिक्षा

1. ज्ञान और अनुभव पर जोर।
2. अध्यात्म
3. वृत्ति का उदात्तीकरण।
4. कर्तव्य का पालन।
5. चरित्र और व्यक्तित्व का विकास

शिक्षा की विधि:

वैदिक पद्धति से तात्पर्य भारत में गुरुकुलों में हजारों वर्षों से चली आ रही प्राचीन पद्धति से है। इस दायरे में वेदों और आध्यात्मिकता का अध्ययन शामिल है, जो जीवन, पृथ्वी और ब्रह्मांड के विभिन्न पहलुओं के अलावा मोक्ष या मुक्ति की ओर ले जाता है। यह वास्तव में व्यापक एवं सम्पूर्ण ज्ञान है। शिक्षा 6 वर्ष की उम्र से शुरू होती है जब मस्तिष्क की सभी क्षमताएँ ठीक से विकसित हो जाती हैं। 6 से 18 वर्ष की आयु तक ज्ञान के लगभग सभी क्षेत्रों के शास्त्रों को याद करने पर जोर दिया जाता है। यदि छात्र किसी विशेष क्षेत्र में विशेषज्ञता हासिल करना चाहता है और विशेषज्ञ बनना चाहता है, तो उसके पास एक विकल्प होता है।

यह वैज्ञानिक रूप से समझा जाता है कि 18 वर्ष की आयु में बुद्धि का विकास अपने चरम पर होता है। इसलिए, शिष्यों को तब तक चिंतन, चर्चा करने के लिए योग्य माना जाता था जब तक कि याद किए गए ज्ञान को समझ न लिया

जाए और आत्मसात न कर लिया जाए। अधिक मौलिक विचार सामने आते और ज्ञान में ही जुड़ जाते।

गुरुकुल और आधुनिक विद्यालय के बीच बुनियादी अंतर यह है कि गुरुकुल शिक्षा में पूरी तरह से वेद, महाकाव्य, साहित्य और तीरंदाजी शामिल होती थी और आधुनिक शिक्षा में विज्ञान, गणित, अंग्रेजी आदि जैसे विभिन्न विषय शामिल होते हैं। सामान्य तौर पर पूरा समाज छात्रों की शिक्षा के लिए जिम्मेदार होता था ।

आधुनिक विधि

ढाई-तीन साल की उम्र में प्ले स्कूल में पढ़ाना शुरू करें।

सभी विषयों को एक साथ सीखते रहें।

एक युवा की तरह शिक्षा के अंत तक आकलन, और चिंतन करें, तथा सभी चीजें आत्मसात करें।

स्नातकोत्तर या पीएचडी स्तर पर किसी क्षेत्र में विशेषज्ञता।

चिंतन और बौद्धिक विश्लेषण ।

एक शिक्षा पद्धति में निर्देश के लिए उपयोग किए जाने वाले सिद्धांत और तरीके शामिल होते हैं।

शिक्षण की आधुनिक पद्धति को दो भागों में विभाजित किया जा सकता है:

1. अध्यापन के पारंपरिक तरीके
2. अध्यापन की आधुनिक तकनीकें

अध्यापन के पारंपरिक तरीके

क्लास की भागीदारी,

प्रदर्शन,

पढ़ना और सुनाना,

याद रखना,

उपरोक्त सभी का संयोजन

समझाना, या भाषण देना,

प्रदर्शन-उदाहरण या प्रयोग।

सहयोगात्मक चर्चाएँ

सिखाकर सीखना

अध्यापन की आधुनिक तकनीकें

पूछताछ आधारित शिक्षा

अनुभव आधारित शिक्षा

कार्यपत्रक प्रदान करना

प्रोजेक्ट्स

पर्यटन, यात्राएँ और भ्रमण

इवेंट होस्टिंग (प्रदर्शनियाँ)

फील्ड वर्क

दौरा

टीम वर्क

तंत्रज्ञान का उपयोग (कंप्यूटर)

लेकिन तरीका जो भी हो, सुनिश्चित करें कि हम निम्नलिखित हासिल करें:

इसे रोचक बनायें

विद्यार्थियों को इसमें घुल जाने दें।

उन्हें समझने और शामिल करने दीजिए।

प्रेरित करें, मार्गदर्शन करें और सुविधा प्रदान करें।

उन्हें आनंद लेने दीजिए।

वे जिस चीज़ में अच्छे हैं उसे व्यक्त करने दें।

उन्हें आज़ादी के साथ सीखने दें।

उन्हें सीखने दें।

इसका उद्देश्य क्लास को यह महसूस कराना है कि सीखना दिलचस्प है ताकि बच्चे विषय से जुड़े रहें। उन्हें पाठ का आकलन होना चाहिए और अवधारणा से जुड़ना चाहिए। हमें उन्हें प्रेरित करने, उनका मार्गदर्शन करने और उन्हें सुविधा प्रदान करना आवश्यकता है। वे जिस चीज में भी अच्छे हैं, उन्हें उसका आनंद लेना चाहिए और खुद को अभिव्यक्त करना चाहिए। सीखना पूर्ण स्वतंत्रता और बिना किसी तनाव के होना चाहिए। इसका उद्देश्य उन्हें सीखने देना है।

क्लास में भागीदारी

एक दिलचस्प चर्चा करें क्योंकि आप बैंड मास्टर हैं।

ध्यान रखें कि प्रत्येक व्यक्ति भाग ले।

हर एक की बात का सम्मान करें और सुनें।

भटकें नहीं, फोकस पर वापस आएं।

इसे मनोरंजक लेकिन तर्कों से भरपूर बनाएं।

तर्कों को ब्लैक बोर्ड पर नोट किया जा सकता है।

अंततः वह कुछ सीखें।

शिक्षण के पारंपरिक तरीकों के अंतर्गत क्लास में भागीदारी आती है, जो शिक्षा का एक अनिवार्य हिस्सा है जिसमें प्रत्येक छात्र शामिल होता है, ताकि अध्यापक न केवल यह सुनिश्चित कर सके कि बच्चा सीखने की कोशिश कर रहा है, बल्कि इस प्रक्रिया में योगदान भी देता रहे। इस प्रक्रिया में, छात्र स्पष्टता को बढ़ाते हुए अपने संदेहों को दूर कर सकते हैं। बच्चे बिना किसी

हिचकिचाहट के चर्चा करना, समझना सीखते हैं। बच्चों का आत्मविश्वास का स्तर भी बढ़ता है।

प्रदर्शन

कला को अपने क्लास-आधारित कार्यक्रमों में शामिल करें।

यह दिखाने का प्रयास कि मज़ेदार कला परियोजनाओं के लिए क्या संभावनाएँ हैं जिनकी लागत अधिक नहीं है।

प्रयोगों, खेलों, नाटकों आदि द्वारा प्रदर्शित करें।

पहले शिक्षक प्रदर्शित करे फिर बच्चा।

इसे निरीक्षण से सीखना कहते हैं।

प्रदर्शन विज्ञान विषयों में अवधारणा को व्यावहारिक क्लासों के रूप में प्रस्तुत करने का एक और तरीका है; अन्य विषयों में रोल प्ले आदि। केवल सैद्धांतिक व्याख्याओं की तुलना में प्रदर्शन विषय वस्तु को बेहतर ढंग से समझने में मदद करता है। इसके अलावा एक अध्यापक बच्चों के लिए आदर्श बनकर मूल्यों का प्रदर्शन कर सकता है। इसलिए बच्चों के लिए प्रदर्शनके ये दोनों पहलू अध्यापकों द्वारा विषय को पढ़ाने की सराहना करने, जानने, समझने और जागरूक होने के लिए समान रूप से महत्वपूर्ण हैं।

पढ़ना और सुनाना

सस्वर पाठ करना अपने आप में एक कला है। लोग यह प्रथा भूल चुके हैं।

यह भाषा को समृद्ध करने की एक प्रथा है।

यह उच्चारण और भाषा के प्रति संवेदनशीलता में सुधार करता है।

यह जीवन की संवेदनाओं की सीख भी देता है।

अभिव्यक्ति के साथ सस्वर पाठ सुनना आनंददायक है जिससे संदेश भेजना आसान हो जाता है।

किसी पाठ को ज़ोर से पढ़ने के कई फायदे हैं। पढ़ने से उच्चारण, विराम चिह्न और यह पता लगाने में मदद मिलती है कि क्या पढ़ा जा रहा है। क्लास में ज़ोर से पढ़ने से आत्मविश्वास बढ़ता है और संकोच दूर होता है। कविता पाठ एक कला है जो कुछ व्यक्तियों में स्वाभाविक रूप से होती है। लेकिन इसे स्कूलों में भी सीखा जा सकता है। यहीं पर यह कला उच्चारण, विराम चिह्न और मौखिक अभिव्यक्ति में मदद करती है।

याद करना

स्मृति मस्तिष्क की महत्वपूर्ण क्षमताओं में से एक है।

यह 14 वर्ष तक के बच्चे के बढ़ते वर्षों के दौरान बहुत शक्तिशाली होती है। (वैदिक काल के दौरान, इस प्राकृतिक विकास पहलू का पूरी तरह से उपयोग किया गया था।)

आज भी हमारी परीक्षा प्रणाली इसी तथ्य पर आधारित है।

लेकिन आज की दुनिया में यह कितना मान्य है यह गंभीर चर्चा का मुद्दा है।

हम बुद्धि, कल्पना, रचनात्मकता आदि जैसी अन्य महत्वपूर्ण क्षमताओं के साथ-साथ इसकी पूरी क्षमता से इसका उपयोग कैसे कर सकते हैं।

स्मृति एक उपहार है। नियमित अभ्यास से याद रखने की क्षमता को कुछ हद तक सुधारा जा सकता है। लेकिन जिन लोगों की स्मरण शक्ति कम होती है उन्हें नुकसान होता है। हमारी परीक्षा प्रणाली पूर्णतः स्मृति पर आधारित है। जिन लोगों को इसका सौभाग्य प्राप्त होता है वे बहुत अच्छे परिणाम प्राप्त करते हैं। दूसरों को औसत दर्जे का मानकर छोड़ दिया जाता है। यह दुख की बात है।

उपरोक्त का संयोजन:

यह कुछ हद तक एक व्यावहारिक समाधान हो सकता है।

विद्यार्थियों को क्लास में समग्रता के साथ विविध तरीके मिलेंगे।

कई बच्चे क्लासों में बहुत उत्साह के साथ अपनी विकसित क्षमताओं का योगदान देंगे।

यह कैसे किया जा सकता है यह पूरी तरह से शिक्षक का विशेषाधिकार है।

वह ही सर्वश्रेष्ठ जानते हैं और रचनात्मक योगदान दे सकते हैं।

क्लास में भागीदारी, प्रदर्शन, स्मृति, पढ़ना, सस्वर पाठन, साथ ही समांतर लेखन या लिखित अभ्यास का संयोजन बच्चों को विषय या अवधारणा सीखने में शिक्षकों की ओर से अद्भुत अभ्यास होगा।

समझाना या व्याख्यान देना:

यह शिक्षा का सबसे आम और पारंपरिक तरीका है।

यदि शिक्षक क्लास को नियंत्रित करने में सक्षम भी है, तो कितने सुन रहे हैं, कितने समझ रहे हैं, यह प्रश्न या परीक्षण के बाद ही पता चलेगा।

यह विधि तेजी से काम करती है क्योंकि शिक्षकों को इसके लिए कम तैयारी की आवश्यकता होती है।

इस पद्धति का उपयोग आसानी से किया जा सकता है जहाँ क्लास में छात्रों की संख्या 30 से 60 के बीच है, जो आज सबसे आम आंकड़ा है।

कमी यह है कि एक शिक्षक के लिए प्रत्येक बच्चे के साथ जुड़ाव मानवीय रूप से असंभव है।

इससे कई बच्चों की पढ़ाई में बाधा आ सकती है।

पारंपरिक तरीकों से समझाना और व्याख्यान देना अध्यापन का एक बहुत ही सामान्य अभ्यास है। यह एकतरफ़ा यातायात की तरह है। यह पता लगाने का कोई तरीका नहीं है कि बच्चा समझ गया है या नहीं। अध्यापक बच्चों की प्रतिक्रियाओं की परवाह किए बिना व्याख्यान देना जारी रखता है। हालांकि तेज या औसत से ऊपर और औसत आईक्यू वाले बच्चे समझने में सक्षम होते हैं, लेकिन औसत से कम आईक्यू वाले बच्चे नुकसान में होते हैं।

प्रदर्शन -

प्रयोग या उदाहरण:

विशेष रूप से विज्ञान विषयों के साथ एक बहुत ही सामान्य विधि है। भौतिकी, रसायन विज्ञान और जीव विज्ञान अवधारणाओं को समझने के लिए प्रचुर प्रयोगों के अलावा और कुछ नहीं हैं। अन्य विषय भी कम नहीं हैं, जो विषयों, पाठों, सिद्धांतों, धारणाओं, विचारों आदि को सिखाने और सीखने के उदाहरणों से भरे हुए हैं। यह करके सीखना कहलाता है।

सहयोगात्मक चर्चाएँ:

सहयोगात्मक चर्चा क्या है?

एक चर्चा एक समूह के भीतर होती है।

सहयोगात्मक पढ़ाई एक ऐसी स्थिति है जिसमें दो या दो से अधिक लोग एक साथ कुछ सीखते हैं या सीखने का प्रयास करते हैं।

सहयोगात्मक चर्चा विभिन्न समूहों या टीमों के बीच होती है।

चर्चा का दायरा एक समूह से परे है।

सहयोग व्यापक दायरे में होता है जहाँ ज्ञान और जानकारी का विस्तार होता है। अधिक से अधिक तर्क जोड़े जाते हैं। सहयोगात्मक शिक्षा ऐसी होती है जिसमें छात्रों के समूह एक साथ कुछ समझने, या कोई अर्थ निकालने, या समाधान ढूंढने या अपनी सीख से कोई उत्पाद बनाने का काम करते हैं। यह मूलतः समूह में सीखना है।

शिक्षण द्वारा सीखना:

शिक्षण द्वारा सीखना एक बहुत ही आनंददायक विधि है।

सामान्यतः एक शिक्षक सबसे अधिक ज्ञानी व्यक्ति होता है।

इसका कारण यह है कि आप पढ़ाते समय सीखते रहते हैं।

जब आप पढ़ाते हैं, तो ज्ञान सुदृढ़ होता है और जो पढ़ाता है वह इस प्रक्रिया में सीखता है।

इसलिए, बच्चों को सिखाने का सबसे अच्छा तरीका एक ऐसा छात्र बनाना है जो क्लास को पढ़ाना जानता हो।

साथियों से सीखना अधिक प्रभावी होता है और तेजी से, आसानी से काम करता है और औसत से नीचे के बच्चों के लिए साथियों से सीखने का एक निश्चित तरीका है।

बच्चे पढ़ाते समय अपने शिक्षकों की तुलना में अपने साथियों के साथ बिना किसी झिझक के खुलकर संवाद करते हैं। उनका निषेध उन्हें शिक्षकों के सामने खुलने से रोकता है। जो बच्चे किसी विशेष विषय के जानकार हैं उन्हें क्लास में पढ़ाने के लिए कहा जाता है। इस प्रक्रिया में, न केवल जो लोग पढ़ाते हैं वे अपनी शिक्षा में सुधार करते हैं बल्कि जिन्हें सिखाया जा रहा है वे भी काफी हद तक प्रबुद्ध होते हैं।

पूछताछ आधारित शिक्षा:

यह बहुत ही कारगर तरीका है।

विद्यार्थियों से लगभग दस प्रश्न पूछें कि वे विषय के बारे में क्या जानना चाहते हैं।

ब्लैक बोर्ड पर लिखें।

पाठ पढ़ाने का अपना तरीका स्वयं चुनें।

एक बार जब पाठ पढ़ाना समाप्त हो जाए तो छात्रों से उन प्रश्नों के उत्तर देने को कहें जो उन्होंने लिखे थे।

सीखने के लिए पर्याप्त समय देने के बाद सीखने का आंकलन करने के लिए एक परीक्षा आयोजित करें।

पूछताछ आधारित शिक्षा एक ऐसी तकनीक है जहाँ शिक्षक द्वारा प्रश्नों का एक सेट तैयार किया जाता है, जिसमें से छात्रों को जो कुछ भी वे जानते हैं उसका

उत्तर देने के लिए कहा जाता है। इसके बाद विषय और विषय के लिए उपयुक्त एक विशेष विधि का उपयोग करके पाठ या विषय या अवधारणा को पढ़ाया जाता है। इसके पूरा होने के बाद, हम प्रश्नों के सेट पर वापस आते हैं और बच्चों से उत्तर लिखने के लिए कहते हैं क्योंकि वे विषय के विवरण से अवगत होते हैं। वे उत्तर लिखेंगे, यदि आवश्यक हो तो सही करेंगे, उचित शब्दों का उपयोग करके पूरा करेंगे।

अनुभव आधारित शिक्षा:

इस पद्धति में सीखने के व्यावहारिक पहलू से गुजरने के बाद प्रश्न पूछे जाते हैं। जैसे, 'बागवानी' पर पाठ।

बच्चे उत्तर देने के लिए तैयार हैं क्योंकि उन्होंने वही किया है जो पाठ में दिया गया है। यह विधि 'मैं करता हूँ, मैं सीखता हूँ' पर आधारित है।

निम्नलिखित सभी विधियाँ इसी विधि पर आधारित हैं।

अनुभव आधारित शिक्षा उस प्रकार के अनुभव पर आधारित होती है जिससे वे किसी पाठ को सीखते समय गुजरते हैं। यह एक असाइनमेंट, एक प्रोजेक्ट, एक यात्रा आदि हो सकता है। विशेष अनुभव के आधार पर, एकत्र की गयी सामग्री को व्यवस्थित किया जाता है और यह एक प्रस्तुति के रूप में हो सकता है।

कार्यपत्रक प्रदान करना:

यह छात्रों के लिए सुदृढीकरण के सर्वोत्तम तरीकों में से एक है।

जितना अधिक वे वर्कशीट पर अभ्यास करते हैं, उतना अधिक सीखते हैं।

शिक्षकों को विषय, बच्चों के स्तर और वर्कशीट के स्तर को ध्यान में रखते हुए वर्कशीट तैयार करनी होती है।

वर्कशीट के तीन स्तर हो सकते हैं - औसत, औसत से ऊपर और औसत से नीचे के बच्चों के लिए।

यदि किसी विषय या अवधारणा को छात्रों के लिए सुदृढीकरण की आवश्यकता है, तो छात्रों को वर्कशीट प्रदान करना छात्रों के लिए सबसे प्रभावी तरीका है। छात्रों के लिए ऑनलाइन या स्वयं निर्मित वर्कशीट प्रदान करने के लिए शिक्षकों को अतिरिक्त प्रयास करना होगा। बढ़ते अभ्यास के साथ, छात्र अधिक से अधिक सीखते हैं। जैसा कि पहले उल्लेख किया गया है, कार्यपत्रकों में विषय, छात्रों के स्तर और उपयुक्तता प्रतिबिंबित होनी चाहिए। इन वर्कशीट में औसत, औसत से नीचे और औसत से ऊपर के छात्रों के लिए तीन स्तर होने चाहिए। तभी यह एक संपूर्ण वर्कशीट होगी।

प्रोजेक्ट्स:

एक विद्यार्थी से वर्ष में कम से कम 2 से 3 प्रोजेक्ट अवश्य करायें।

यह एक संपूर्ण शिक्षा है।

शिक्षक एक सुविधाप्रदाता और मार्गदर्शक हो सकता है।

एक शिक्षक को प्रोजेक्ट शुरू करने से पहले गाइड लाइन देनी चाहिए।

बच्चों को इंटरनेट, प्रिंटआउट, मैगजीन, न्यूज पेपर कटिंग्स और रेफरेंस बुक्स का इस्तेमाल करने दें।

प्रोजेक्ट को एक संपूर्ण शिक्षा माना जाता है। एक छात्र को हर साल 2 से 3 प्रोजेक्ट सौंपे जाने चाहिए। यह वार्षिक पाठ योजना की योजना का एक हिस्सा होना चाहिए। विद्यार्थियों को इसका परिचय देने की जरूरत है। छात्रों को शुरू करने, जारी रखने और समाप्त करने के तरीके पर मार्गदर्शन और सहायता की जानी चाहिए। शुरू करने से पहले उन्हें दिशानिर्देश दिए जाने चाहिए। बच्चों को आवश्यक बिंदुओं को उचित रूप से संदर्भित करने और शामिल करने के लिए सभी प्रकार के स्रोतों का उपयोग करने के लिए कहा जाना चाहिए।

पर्यटन, यात्राएँ और भ्रमण:

मुझे यह पसंद है। मुझे यकीन है कि आप में से भी कई लोग इसे पसंद करेंगे, क्यों नहीं? ये उत्साह से भरा होता है।

बच्चे भी इसे पसंद करते हैं। यह सीखने का एक स्वाभाविक रूप है।

उत्साह शुरू से ही होता है.

यह लगातार बना रहता है।

यह सबसे कम ऊर्जा स्तर के साथ समाप्त होता है और फिर बच्चे घर जाना चाहते हैं।

सीखना हर स्तर पर अप्रत्यक्ष रूप से होता है।

उन्हें नोट्स बनाने दें, कहानियाँ लिखने दें, चित्र बनाने और रेखाचित्र बनाने दें, गीत लिखने दें, गाने गाने दें और नाटक और नृत्य के रूप में व्यक्त करने दें।

वे बहुत ख़ुशी और पूरे मन से ऐसा करेंगे।

यह सीखने का एक स्वाभाविक रूप है। बच्चे इसे बहुत पसंद करते हैं और इसका आनंद भी लेते हैं। उत्साह शुरू से ही रहता है और अंत तक जारी रहता है जब वे नहीं जाते और फिर घर जाना चाहते हैं। यहाँ सीखना अप्रत्यक्ष रूप से हो रहा है। वे नोट्स और कहानियाँ लिख सकते हैं, चित्र बना सकते हैं और रेखाचित्र बना सकते हैं, गीत लिख सकते हैं, गा सकते हैं और नाटकों और नृत्यों के रूप में व्यक्त कर सकते हैं जिसके माध्यम से वे सीधे सीखते हैं।

इवेंट होस्टिंग (प्रदर्शनियाँ):

यह सभी शैक्षणिक संस्थानों में सब से आम है ।

सामान्यत: इसे केवल विज्ञान प्रदर्शनियों के रूप में ही किया जाता है।

इसमें भाषाएँ, इतिहास, भूगोल, गणित, पर्यावरण और नैतिक अध्ययन भी जोड़ें।

उनकी मदद करें और छात्र उत्कृष्ट विचारों और लुभावनी अभिव्यक्तियों के साथ सामने आएंगे, चाहे वे किसी भी रूप में हों।

शिक्षकों को भी अपने विषय में अपने तरीके से योगदान देना चाहिए।

यह न केवल छात्रों के लिए बल्कि शिक्षकों के लिए भी संपूर्ण शिक्षा साबित होगी।

इसे सभी शैक्षणिक संस्थानों में सबसे आम माना जा सकता है। स्कूल स्तर पर ही इसे सीखने से वे इवेंट मैनेजमेंट जैसे करियर के लिए तैयार हो जाते हैं, अगर वे जीवन में बाद में इसे चुनना चाहते हैं। इन संस्थानों में हर साल आयोजित होने वाला सबसे बड़ा आयोजन लोकप्रिय विज्ञान प्रदर्शनी और खेल और वार्षिक दिवस हैं। हम इसे कई अन्य क्षेत्रों में विस्तारित कर सकते हैं और बच्चों को इसमें भाग लेना और उनका आनंद लेना अच्छा लगेगा। हम भाषाएँ, इतिहास, भूगोल, गणित, पर्यावरण और नैतिक अध्ययन भी जोड़ सकते हैं। मेरा अनुभव कहता है, बस बच्चों की मदद करें और वे उत्कृष्ट विचार, लुभावनी अभिव्यक्तियाँ लेकर आएंगे, चाहे वे किसी भी रूप में हों। शिक्षक भी अपने क्षेत्र में योगदान दें तो बहुत अच्छा होगा। यह न केवल छात्रों के लिए बल्कि अनुभव से सीखने वाले शिक्षकों के लिए भी संपूर्ण शिक्षा होगी।

टीम वर्क और नेतृत्व चुनौती:

स्कूल में क्लास की टीम होती है और शिक्षक नेता होता है।

आपके नेतृत्व गुणों का परीक्षण किया जाता है।

इसके बारे में कैसे जानें?

हर बच्चे को स्वीकार करें, हर बच्चे के गुणों का उपयोग करें। सकारात्मक रहें, प्रशंसा करें और काम पूरा करें।

बच्चों को समन्वय और सहयोग के गुण सीखने दें।

इन गुणों को क्लास में सर्वोत्तम तरीके से सिखाया जा सकता है।

टीम वर्क और नेतृत्व शिक्षकों के लिए एक वास्तविक चुनौती है क्योंकि उनके नेतृत्व गुणों का परीक्षण किया जाता है। ऐसा इसलिए है क्योंकि स्कूल में क्लासएं टीमें होती हैं और शिक्षक नेता होता है। सवाल यह है कि इसके बारे में कैसे जाना जाए? हमें हर बच्चे को वैसे ही स्वीकार करना होगा जैसे वह है और हर बच्चे के गुणों का उपयोग करना होगा। सकारात्मक प्रशंसा से क्लास में हमेशा सकारात्मकता आती है और बच्चों से आवंटित कार्य प्राप्त करना आसान हो जाता है। इस प्रक्रिया में बच्चे समन्वय और सहयोग के गुण सीखते हैं। इन गुणों को क्लास में सर्वोत्तम तरीके से सिखाया जा सकता है।

सफर और यात्राएँ:

सफर छात्रों के स्तर के सापेक्ष होते हैं।

बगीचों, चिड़ियाघरों, संग्रहालयों का दौरा, वीआईपी (जानकार लोगों) से मिलना

डाकघरों, बैंकों, उद्योगों का दौरा, जो जीवन कौशल से निकटता से संबंधित हैं, की भी व्यवस्था की जा सकती है और इसके नकली मॉडल स्कूलों में आयोजित किए जा सकते हैं।

अनाथालयों का सफर करना, समाज के निचले स्तर में या वृद्धाश्रमों के बच्चों को पढ़ाना एक बहुत ही संतोषजनक विचार हो सकता है।

बगीचों, चिड़ियाघरों, संग्रहालयों का दौरा, वीआईपी या जानकार लोगों से मिलना सीखने की प्रक्रिया को तेज करने में अद्भुत काम करता है। डाकघरों, बैंकों, उद्योगों का सफर जीवन कौशल से निकटता से जुड़ा हुआ है और इसलिए इसकी व्यवस्था की जा सकती है। इसके अलावा, जैसा कि ऊपर बताया गया है, अनाथालयों का दौरा, समाज के निचले तबके के बच्चों को पढ़ाना, वृद्धाश्रम आदि भी बहुत संतोषजनक हो सकते हैं। लेकिन इन सभी दौरों को वर्गीकृत करने की आवश्यकता है और ये छात्रों के स्तर के सापेक्ष हैं।

फ़ील्ड वर्क:

फ़ील्ड वर्क सीधे विषय से संबंधित होना चाहिए।

प्रत्येक विषय इस बात पर बहुत सारे विचार देते हैं कि किस प्रकार का फ़ील्ड वर्क चुना जा सकता है।

किसी विषय में विषय और विशिष्ट स्तर संबंधित शिक्षक द्वारा आसानी से तय किए जा सकते हैं।

फ़ील्डवर्क अनिवार्य रूप से किसी विशिष्ट क्षेत्र/विषय पर क्लास के बाहर सीखना है। हर विषय में क्षेत्र भ्रमण को व्यवस्थित ढंग से आयोजित करने की बहुत गुंजाइश होती है। किसी विषय का विषय और स्तर शिक्षकों द्वारा तय किया जाना चाहिए।

तंत्रज्ञान का उपयोग (कंप्यूटर):

यह नवीनतम तकनीक का उपयोग है।

दायरा अनंत है।

रचनात्मकता को कितना भी खींचा जा सकता है।

किसी भी विषय, किसी भी सॉफ़्टवेयर, किसी भी विचार का उपयोग, कंप्यूटर तंत्रज्ञान में परिवर्तित करने के लिए करें।

तंत्रज्ञान के साथ स्वयं को सशक्त बनाएं।

आज की दुनिया में टेक्नोलॉजी के बिना कोई काम नहीं होता। शैक्षिक क्षेत्र अपवाद नहीं है। शिक्षा संस्थान इसके लिए खुले दिल से प्रयास कर रहे हैं। यहाँ दायरा अनंत है जहाँ रचनात्मकता को काफी हद तक खींचा जा सकता है। इसका उपयोग किसी भी विषय के लिए, किसी भी विचार पर लागू किसी भी सॉफ्टवेयर के साथ किया जा सकता है जिसे कंप्यूटर तंत्रज्ञान कहा जा सकता है। इसलिए हर शिक्षक के लिए खुद को टेक्नोलॉजी से सशक्त बनाना बहुत जरूरी है।

तंत्रज्ञान का उपयोग (विषय विशिष्ट)

होमवर्क और असाइनमेंट (कंप्यूटर या इंटरनेट आधारित)

प्रोजेक्ट (शब्द, एक्सेल या पीपीटी का उपयोग करके प्रस्तुतियाँ)

जीवन कौशल (सीखने के बाद रिपोर्ट तंत्रज्ञान का उपयोग करके तैयार की जा सकती है)

रचनात्मक विचलन (कला, संगीत, चित्रकला, खेल आदि कंप्यूटर और इंटरनेट के माध्यम से सीखे जा सकते हैं।)

परीक्षा

मूल्यांकन (सारणीबद्ध रूप, एक्सेल शीट आदि का उपयोग मूल्यांकन के लिए किया जा सकता है)

मूल्य आधारित शिक्षा (उदाहरण के लिए पंचतंत्र जैसी कहानियाँ या अन्य कहानियाँ एनिमेटेड रूपों में प्रस्तुत की जा सकती हैं)

शिक्षण में रचनात्मकता (तंत्रज्ञान में रचनात्मकता का दायरा शिक्षा के लिए उपयोग करने के लिए असीमित है)

हम सभी मानते हैं कि जब तक पढ़ाई हुई चीज़ सीखी नहीं जाती, पढ़ना बर्बाद है। शिक्षा के तरीके चाहे जो भी हों, अंततः उद्देश्य सीखना ही है। आज की दुनिया में, व्याख्यान पद्धति का कोई खरीदार नहीं है क्योंकि इस पद्धति के माध्यम से सीखना न्यूनतम है और इसे स्वीकार नहीं किया जाता है, हालांकि इसे पूरी तरह से समाप्त नहीं किया गया है। शिक्षा के मूल तरीके के रूप में इसका अभ्यास किया जाता है। लेकिन प्रदर्शन, चर्चा, ईबीएल और आईबीएल के माध्यम से शिक्षा के बारे में जागरूकता बढ़ रही है और इन्हें पढ़ाने के प्रभावी तरीकों के रूप में स्वीकार किया जाता है।

सीखने का सबसे अच्छा तरीका सिखाना है। यह चर्चा, प्रदर्शन से भी अधिक प्रभावी है। हमारा अनुभव हमें सिखाता है कि पहला स्तर व्याख्यान है जो चर्चा और प्रदर्शन से आगे निकल जाता है और यहाँ तक कि शिक्षा द्वारा सीखने से भी ये पीछे रह गए हैं। हालाँकि मैं इस बात से काफी हद तक सहमत हूँ, लेकिन इस पर मेरी राय बिल्कुल अलग है। पारंपरिक या आधुनिक होने के बावजूद सभी तरीकों का महत्व, प्रभावशीलता और परिणाम के संदर्भ में अपना स्थान है। विषय की अवधारणा या विषय के आधार पर शिक्षा की विधि का प्रयोग

तथा पाठ योजना की प्रक्रिया का निर्णय पूर्णतः शिक्षक का विशेषाधिकार है। वह किसी विशिष्ट अवधारणा या पाठ के लिए कार्यप्रणाली, प्रगति और विकास के तरीके और पाठ्यक्रम पर निर्णय लेता है, यह इस बात पर निर्भर करता है कि यह कला या विज्ञान का विषय है या नहीं।

व्याख्यान - 10%

पढ़ना - 20%

प्रदर्शन - 30%

चर्चा - 50%

अभ्यास करना - 75%

दूसरों को सिखाना - 90%

Ref : www.teacherssofIndia.org

तंत्रज्ञान का उपयोग

तंत्रज्ञान का एकीकरण:

एक शिक्षक के रूप में, आपकी ज़िम्मेदारियों में से एक अपने छात्रों को ऐसे समाज के लिए तैयार करना है जहाँ तंत्रज्ञान एक प्रमुख भूमिका निभाती है।

हालाँकि, इस बात के लिए तैयार रहें कि शिक्षा अभ्यास में तंत्रज्ञान का एकीकरण उत्तर देने की तुलना में अधिक प्रश्न उठा सकता है।

चाहे आप सूचना और संचार तंत्रज्ञान (आईसीटी) में नए हों या केवल परिवर्तन में रुचि रखते हों, या शायद अपनी क्लास में आईसीटी के वर्तमान उपयोग पर पुनर्विचार कर रहे हों, हम आज शिक्षा के क्षेत्र में तंत्रज्ञान के महत्व को नकार नहीं सकते हैं।

एकीकरण क्यों महत्वपूर्ण है?

आर्थिक तर्क: नौकरी के बाजार में आईसीटी का ज्ञान बहुत महत्वपूर्ण है।

सामाजिक तर्क:

1. आईसीटी आज हमारे समाज में हर स्तर पर प्रवेश कर चुका है।
2. आज के समाज में छात्र तेजी से सीखते हैं, बढ़ते हैं और आईसीटी को अपनाते हैं।
3. आईसीटी को शामिल करने की क्षमता पेशेवर क्षेत्र में प्राथमिकता बन गई।

शैक्षिक कारण:

4. आईसीटी साक्षरता कौशल को बढ़ाता और विकसित करता है।

5. समावेशी और व्यक्तिगत शिक्षा को प्रोत्साहित करता है।

हालाँकि आईसीटी के महत्व को नकारा नहीं जा सकता, सिक्के का दूसरा पहलू यह बताता है कि आईसीटी की सहायता के बिना शिक्षा प्रदान करने का क्या मतलब है।

आईसीटी के बिना शिक्षा और सीखना:

ऐसे बहुत से सीखने के कौशल हैं जिनका तंत्रज्ञान से कोई लेना-देना नहीं है।

अतीत में लोगों को आईसीटी के बिना ही पूरी तरह से शिक्षित किया गया है।

आईसीटी शिक्षक के कार्यभार को कम करता है लेकिन आईसीटी कौशल के बिना पढ़ाना अभी भी आसान है।

संदर्भ: (यूनेस्को) द्वारा विकसित एक पुस्तिका जिसका शीर्षक है "साक्षरता विकसित करने के लिए आईसीटी का उपयोग' यूनेस्को:" उदाहरण प्रदान करता है कि साक्षरता कौशल विकसित करने के लिए आईसीटी का उपयोग कैसे किया जा सकता है।

कंप्यूटर साक्षरता क्यों?:

अकेले दृश्य की तुलना में श्रव्य और दृश्य का संयोजन अधिक प्रभावी होता है

शब्दावली और वाक्य निर्माण कौशल को बढ़ाने में सहायक

सूचना प्रसंस्करण और स्मृति में सुधार कर सकता है।

कंप्यूटर असिस्टेड इंस्ट्रक्शन बच्चों की ध्वनि संबंधी जागरूकता में सुधार करने में मूल्यवान हो सकता है।

बात करने वाली किताबों ने बच्चों को पढ़ने की समझ और डिकोडिंग कौशल में सुधार करने में सहायता की है।

कंप्यूटर प्रोग्राम का उपयोग करके, शिक्षार्थी कार्य कर सकते हैं:

स्वतंत्र रूप से

अपने हिसाब से

अपनी गति से

मौखिक और श्रव्य दोनों कौशलों का सह-विकास कर सकते हैं।

अंततः, पढ़ना सीखें

कंप्यूटर शिक्षार्थियों को साक्षरता शिक्षा में भाग लेने के लिए प्रोत्साहित कर सकता है और साक्षरता छात्रों की अवधारण दर में वृद्धि करके उन्हें सीखना जारी रखने के लिए प्रेरित कर सकता है।

चूँकि कंप्यूटर उपयोगकर्ताओं को तत्काल प्रतिक्रिया प्रदान करने में सक्षम हैं,

साक्षरता सीखने वाले अन्यथा की तुलना में अधिक तेजी से और प्रभावी ढंग से आगे बढ़ सकते हैं।

कंप्यूटर और मल्टीमीडिया कंप्यूटर प्रोग्राम रेडियो और टेलीविजन की तुलना में इस मायने में लाभ प्रदान करते हैं:

ए) इंटरैक्टिव लर्निंग,

बी) ट्रायल एंड एरर,

ग) मैनीपुलेशन ऑफ़ टेक्स्ट

आवश्यक कौशल:

शिक्षा के क्षेत्र में सबसे आवश्यक कौशल निम्नलिखित हैं:

पढ़ना

लिखना

परीक्षण में शामिल है:

कंप्यूटर का उपयोग

विचार प्रक्रिया का उपयोग

मौखिक संवाद

समूहों या टीमों में काम करना

एक सतत प्रक्रिया के रूप में सीखना

ये सभी कौशल उच्च तंत्रज्ञान द्वारा समर्थित हैं।

आईसीटी इनमें से प्रत्येक कौशल वाले छात्रों की किस प्रकार सहायता कर सकता है:

प्रत्येक कौशल के लिए उच्च तंत्रज्ञान और निम्न तंत्रज्ञान दोनों समाधान तलाशे जाएंगे।

उच्च तंत्रज्ञान समाधान परिष्कृत इलेक्ट्रॉनिक या कंप्यूटर आधारित समाधानों पर ध्यान देंगे।

निम्न तंत्रज्ञान समाधान कम महंगे उपकरण हैं जो आसानी से उपलब्ध हैं।

पढ़ना:

पढ़ने की सामग्री यानि जो वाक्यों या पैराग्राफ के रूप में होती है।

आम तौर पर इसमें नोट्स, पत्र, मेमो, मैनुअल, विनिर्देश, विनियम, किताबें, रिपोर्ट या जर्नल पढ़ना शामिल होता है।

फॉर्म और लेबल शामिल हैं

बढ़ाई

रेखा चिन्हक

लाइन मास्किंग रंग कंट्रास्ट

सॉफ्टवेयर को स्कैन करना और पढ़ना

टेक्स्ट को ट्रैक करना/हाइलाइट करना

टेक्स्ट टू स्पीच क्षमताएँ

भाषण दर को समायोजित करना

अंतर्निहित शब्दकोश और थिसॉरस

हाइलाइटर

लिखना:

माइंड मैपिंग

ब्रेन स्टॉर्मिंग

चित्र आधारित वर्ड प्रोसेसर

स्पीच टू टेक्स्ट सॉफ्टवेयर

उनके विचारों को वहां तक पहुँचाएँ जहाँ यह अन्यथा संभव नहीं होगा

अधिक धाराप्रवाही लिखें और वर्तनी, पढ़ने की समझ और शब्द पहचान में सुधार कर सकते हैं

लिखने या टाइप करने की तुलना में काफी तेज़ बनें

लिखित के अन्य तरीकों की तुलना में कम व्याकरण संबंधी त्रुटियों के साथ लंबी और अधिक जटिल रचनाओं का उपयोग करें

उनके श्रुतलेख को देखें और उसकी समीक्षा करें और उनके विचारों को याद रखने के लिए स्क्रीन पर जो कुछ भी है उसे संकेत के रूप में उपयोग करें

प्रसंग और ध्वन्यात्मक वर्तनी जाँचकर्ता

ग्रामर चेकर

टेक्स्ट टू स्पीच क्षमताएँ

एकीकृत शब्दकोश

उच्च और निम्न तंत्रज्ञान समाधान उपलब्ध:

आईसीटी का उपयोग निम्नलिखित सभी क्षेत्रों में तंत्रज्ञान के साथ शिक्षा में किया जा सकता है:

समस्या को सुलझाना;

निर्णय लेना;

महत्वपूर्ण सोच;

कार्य योजना और आयोजन;

स्मृति का महत्वपूर्ण उपयोग;

जानकारी खोजना

*** संदर्भ: https://www.teachspeced.ca/node/2**

निम्नलिखित स्थिति/रोलप्ले तंत्रज्ञान और शिक्षा के एकीकरण का एक उदाहरण है।

पर्यावरण विज्ञान विभाग में आपका स्वागत है

हम पर्यावरण विज्ञान विभाग द्वारा संचालित मंगल ग्रह की यात्रा पर जाने के लिए यहाँ हैं।

संदर्भ: शैक्षिक उद्देश्य के लिए नासा द्वारा वीडियो। मंगल ग्रह की यात्रा - रोवर। केवल प्रतिनिधि.

प्रख्यात सैद्धांतिक भौतिक विज्ञानी स्टीफन हॉकिंग का कहना है कि एलियंस का अस्तित्व है। उनका पता लगाना बस समय की बात है।

आइए इसे पहले अपने सौर मंडल में और फिर अपने पड़ोसी ग्रह पर आज़माएँ।

हम मंगल ग्रह पर जाने वाले अंतरिक्ष यान के साथ हैं जिसे रोवर कहा जाता है।

क्या तुम पूरी तरह से तैयार हो?

अपने अंतरिक्ष यात्री की पोशाख ठीक करें।

नासा: रोवर को मंगल के अतीत का सुराग और जीवन को बनाए रखने और फलने-फूलने के लिए उपयुक्त वातावरण मिला।

रोवर एक अंतरिक्ष अन्वेषण वाहन है जिसे किसी ग्रह या अन्य खगोलीय पिंड की सतह पर घूमने के लिए डिज़ाइन किया गया है। कुछ रोवर्स को मानव अंतरिक्ष उड़ान दल के सदस्यों को ले जाने के लिए डिज़ाइन किया गया है;

अन्य आंशिक रूप से पूर्णतः स्वायत्त रोबोट रहे हैं। रोवर्स आमतौर पर लैंडर-शैली के अंतरिक्ष यान पर ग्रह की सतह पर पहुंचते हैं।

रोवर्स को उच्च स्तर के त्वरण, उच्च और निम्न तापमान, दबाव, धूल, संक्षारण, ब्रह्मांडीय किरणों का सामना करना पड़ता है, और आवश्यक अवधि तक मरम्मत के बिना कार्यात्मक रहना पड़ता है।

रोवर्स जो पृथ्वी से दूर खगोलीय पिंडों पर उतरते हैं, जैसे कि मार्स एक्सप्लोरेशन रोवर्स, को वास्तविक समय में दूर से नियंत्रित नहीं किया जा सकता है क्योंकि जिस गति से रेडियो सिग्नल यात्रा करते हैं वह वास्तविक समय या निकट-वास्तविक समय संचार के लिए बहुत धीमी है। जहाँ तक नेविगेशन और डेटा अधिग्रहण का सवाल है, ये रोवर्स जमीनी नियंत्रण से थोड़ी सहायता के साथ स्वायत्त रूप से काम करने में सक्षम हैं, हालाँकि उन्हें अभी भी दूरी में ड्राइव करने के लिए आशाजनक लक्ष्यों की पहचान करने और सौर ऊर्जा को अधिकतम करने के लिए खुद को कैसे स्थापित करना है (अगर यह बिजली के लिए सौर पैनलों पर निर्भर है), यह निर्धारित करने के लिए मानव इनपुट की आवश्यकता होती है।

मार्स पाथफाइंडर, सोजॉर्नर, स्पिरिट और अपॉर्चुनिटी ने मंगल की यात्रा की। स्पिरिट और अपॉर्चुनिटी दोनों 2004 से मंगल ग्रह पर काम कर रहे हैं। अपॉर्चुनिटी मंगल ग्रह की सतह पर 15 किलोमीटर की दूरी तय कर चुका है।

लगभग 4 अरब वर्ष पहले मंगल ने अपना अधिकांश चुंबकीय क्षेत्र खो दिया था।

मंगल के दोनों ध्रुवों पर बर्फ की परतें हैं जिनमें मुख्य रूप से पानी की बर्फ है।

मंगल ग्रह की वर्तमान जलवायु परिस्थितियाँ भूमिगत रूप से अस्थिर हो सकती हैं।

व्यक्तिगत और पर्वत श्रृंखलाएँ स्थानीय और बड़े मौसम को प्रभावित करती हैं।

विभिन्न कारणों से मंगल ग्रह का वातावरण पतला है।

स्पिरिट रोवर पर नमकीन रेत के कण देखे गए हैं।

विभिन्न जाँचों और दूरबीनों द्वारा चक्रवाती तूफानों का पता लगाया गया है।

दबाव तरंगों के साथ उच्च और निम्न दबाव वाले क्षेत्र मौसम पर हावी रहते हैं। मंगल ग्रह पृथ्वी की तुलना में शुष्क और ठंडा है और इन हवाओं द्वारा उठाई गई धूल वायुमंडल में बनी रहती है। यहाँ चक्रवाती तूफ़ान आते रहते हैं।

बादल धूल के बारीक कणों के आसपास बनते हैं।

तापमान 27 डिग्री से - 143 डिग्री सेल्सियस तक भिन्न होता है।

मंगल ग्रह पर कोई समुद्र नहीं है।

मंगल ग्रह की जलवायु कार्बन के मौसमी परिवर्तनों द्वारा नियंत्रित होती है।

डाइऑक्साइड आइस कैप्स, वायुमंडल द्वारा बड़ी मात्रा में धूल की आवाजाही और सतह और वायुमंडल के बीच जल वाष्प का आदान-प्रदान। मंगल ग्रह पर सबसे गतिशील मौसम पैटर्न में से एक धूल भरी आंधियां हैं जो आम तौर पर दक्षिणी वसंत और गर्मियों में होती हैं। ये तूफ़ान बढ़कर पूरे ग्रह को घेर सकते हैं। यह समझना कि ये तूफान कैसे विकसित होते हैं और बढ़ते हैं, भविष्य के जलवायु अध्ययन का एक लक्ष्य है।

छात्र: हमें वहां के पत्थर भेजें!

मंगल ग्रह के वैज्ञानिक दुनिया भर के छात्रों से लाल ग्रह को समझने में मदद करने के लिए कह रहे हैं। दुनिया के किसी भी क्षेत्र से एक पत्थर भेजें, और हम रोवर पर मौजूद एक विशेष उपकरण का उपयोग करेंगे आपको यह बताने के लिए कि यह किस चीज से बना है।

मंगल ग्रह पर अपना नाम भेजें

यह आपके लिए मंगल ग्रह पर जाने का मौका है!

नीचे अपनी जानकारी भरें और आपका नाम 2011 में मंगल ग्रह की ओर जाने वाले मंगल विज्ञान प्रयोगशाला रोवर पर एक माइक्रोचिप पर अन्य लोगों के

साथ शामिल किया जाएगा! बहुत खूब! ऐसा मौका जीवन में शायद ही फिर मिले !

तंत्रज्ञान एकीकरण की यह उपरोक्त विधि बहुत दिलचस्प पाई गई और बच्चों ने पिन ड्रॉप साइलेंस के साथ इस पर ध्यान केंद्रित किया। वास्तव में, वे मंगल ग्रह पर यात्रा करने के तरीके से रोमांचित थे। यह इतना अनुभवात्मक था कि हम सभी को लगा कि हम वहीं हैं।

शिक्षक उपरोक्त से प्रेरणा लेकर अपने शिक्षा को रोचक बनाने के लिए इनोवेटिव तरीकों का उपयोग कर सकते हैं, ऐसे आउट-ऑफ-बॉक्स तरीकों को लागू और उपयोग करके।

स्कूलों में प्रोजेक्ट्स

स्कूलों में शिक्षा के लिए प्रोजेक्ट्स बहुत प्रभावी उपकरण हैं। वे सीखने को असाधारण रूप से रोचक बनाते हैं। वे बच्चों के लिए जानकारी, चित्र एकत्र करने और प्रोजेक्ट्स के लिए उपयोग की जाने वाली प्रासंगिक विषय वस्तु से गुजरने के लिए सबसे अच्छे प्रेरक कारक हैं। यह निष्कर्ष निकालने के बाद कि प्रोजेक्ट्स सीखने का माध्यम हैं, आइए देखें कि हम व्यवस्थित कार्यप्रणाली में इसके बारे में कितने जानकारीपूर्ण और व्यापक रूप से जा सकते हैं। आइए इसके विभिन्न पहलुओं का विश्लेषण और अध्ययन शुरू करें।

व्यक्तिगत प्रोजेक्ट्स :

एक असाइनमेंट या एक प्रोजेक्ट (विषय) दिया जाता है।

शिक्षक द्वारा एक विषय चुना जाता है और बच्चे को उस पर काम करना होता है।

किताबी प्रोजेक्ट पाठ्यक्रम से संबंधित है

एक व्यावहारिक परियोजना वास्तविक जीवन से संबंधित है

उद्देश्य हैं:

सीखना

आयोजन

समय सीमा को पूरा करने के लिए समय प्रबंधन

व्यक्तिगत प्रोजेक्ट वह प्रोजेक्ट है जो प्रत्येक बच्चे को व्यक्तिगत रूप से स्वामित्व लेने और उसे पूरा करने के लिए दी जाती है। बच्चा उस मामले में

शिक्षक, माता-पिता और यहाँ तक कि अपने साथियों की भी मदद ले सकता है। प्रोजेक्ट किसी विशेष स्तर के पाठ्यक्रम से संबंधित हो सकते हैं या जीवन से संबंधित विषय भी हो सकते हैं। चाहे कुछ भी हो, उद्देश्य तो पूरा करना ही है। विषय के बारे में सीखना होगा। आधार पंक्ति है "मैं करता हूँ, मैं सीखता हूँ।" व्यवस्थित रूप से प्रस्तुत कैसे करना है यह सीखने से जीवन में व्यवस्थित होने में मदद मिलती है। समय प्रबंधन आज के जीवन की अनिवार्य आवश्यकता है। एक बच्चा प्रारंभिक जीवन में इसके बारे में सीखता है जिससे उसे जीवन को संभालने में मदद मिलेगी, ताकि काम को समय पर पूरा किया जा सके, समय सीमा को पूरा किया जा सके और समय की पाबंदी के गुण को महत्व दिया जा सके।

इसका क्या उपयोग है?

सीखना, सीखना और सीखना।

विषय के बारे में।

जानने और अधिक जानकारी पाने के लिए।

ज्ञान बढ़ाने के लिए।

सामग्री को व्यवस्थित करना।

समय प्रबंधन के बारे में सीखना, समय सीमा को पूरा करना।

यह सीख भविष्य में जीवन कौशल के लिए बुनियादी है।

और निश्चित रूप से ग्रेड के लिए!

यह सीखने, सीखने और सीखने के लिए सभी इरादों और उद्देश्यों के लिए है। लेकिन सीखना किसलिए? सीखना दिए गए विषय के बारे में है। विषय पर जानकारी एकत्र करना और उसे समझना सीखना, प्राथमिक उद्देश्य है। अप्रत्यक्ष परिणाम सामग्री को व्यवस्थित करने के बारे में ज्ञान और सीख को बढ़ाना है। समय का प्रबंधन कैसे करें और भावी जीवन में समय सीमा को कैसे

पूरा करें, यह भी प्राथमिक उद्देश्य है। ये सभी सीख जीवन के बुनियादी कौशल हैं, उपयोगी और सहायक हैं।

इसके बारे में कैसे जानें?

विद्यार्थी से निम्नलिखित कार्य करने की अपेक्षा की जाती है।

i. विषय पर जानकारी एकत्रित करें.

ii. किताबें, पत्रिकाएँ, समाचार पत्र, इंटरनेट देखें।

iii. बड़ों, शिक्षकों और जानकार लोगों से चर्चा करें।

iv. प्रासंगिक चित्र और एनिमेटेड डिस्प्ले एकत्र करें।

v. प्रोजेक्ट को एक रूप देने के लिए पूरी सामग्री को व्यवस्थित करें।

'यह कैसे करें' पर उपरोक्त बिंदु दिशानिर्देश हैं। बच्चों से अपेक्षा की जाती है कि वे विषय के बारे में जानकारी एकत्र करें। वह कागज या पत्रिका की कटिंग प्राप्त कर सकता है, जानकारी के लिए इंटरनेट पर सर्फ कर सकता है, किताबें देख सकता है, बड़ों, शिक्षकों, माता-पिता के साथ चर्चा कर सकता है, भाई-बहनों और साथियों आदि से विचार प्राप्त कर सकता है। किसी अन्य स्रोत से विषय वस्तु को भी प्रोजेक्ट में जोड़ सकते हैं। चित्रों का संग्रह और उपयोग इसे रंगीन और अधिक आकर्षक बनाकर प्रोजेक्ट में चार चांद लगा देता है।

निष्कर्ष के तौर पर, प्रोजेक्ट को पढ़ने, देखने और समझने में आसान बनाने के लिए एकत्रित जानकारी, चित्र और एनिमेटेड डिस्प्ले को व्यवस्थित करना बहुत महत्वपूर्ण है, जो अंतिम परिणाम है।

ग्रुप प्रोजेक्ट्स

ग्रुप प्रोजेक्ट का अर्थ

एक « ग्रुप प्रोजेक्ट्स « का अर्थ है कि आप एक असाइनमेंट पर कुछ सहपाठियों के साथ एक दिन, कई दिनों या उससे अधिक समय तक काम करेंगे।

ग्रुप प्रोजेक्ट्स लोकप्रिय क्यों हैं?

आप ऐसा क्या कर सकते हैं जिससे आपका ग्रुप प्रोजेक्ट निष्पक्ष, मनोरंजक और सफल हो?

ग्रुप प्रोजेक्ट्स एक समूह में या एक टीम के रूप में एक प्रोजेक्ट करने के बारे में हैं। यह अधिक लोकप्रिय है क्योंकि समूहों में काम करने में बहुत मज़ा आता है। इससे एक-दूसरे से सीखने में भी मदद मिलती है और आमतौर पर ये बहुत सफल होते हैं।

ग्रुप प्रोजेक्ट का उद्देश्य क्या है?

ग्रुप प्रोजेक्ट हाई स्कूल, कॉलेज और वास्तविक जीवन के लिए बहुत अच्छा अभ्यास है, जब आपके पास संभवतः कोई ऐसी नौकरी होगी जिसके लिए दूसरों के साथ काम करने की आवश्यकता होती है।

ग्रुप प्रोजेक्ट्स मज़ेदार हो सकते हैं और वे अक्सर आपको व्यक्तिगत रूप की तुलना में अधिक बड़ा, अधिक दिलचस्प प्रोजेक्ट करने की अनुमति देते हैं।

समूह कार्य से आप वास्तव में कम समय में अधिक सीख सकते हैं।

समूह परियोजनाएँ आप को उन बच्चों को जानने का मौका भी देती हैं जिन्हें आप अन्यथा नहीं जानते होंगे या जिनसे आप बात नहीं करेंगे।

ग्रुप प्रोजेक्ट्स उन कौशलों का अभ्यास करने का भी एक शानदार तरीका है जिनके बारे में आप निश्चित नहीं हैं।

यदि आप नेतृत्व करते हैं, तो आपको पता चल जाएगा कि आपका पूरा समूह आपका समर्थन कर रहा है!

सीखना स्थायी होता है क्योंकि यह विद्यार्थी के दिमाग पर गहरा प्रभाव डालता है जो जीवन भर बना रहता है।

यह विद्यार्थियों को एकत्रित की गई सामग्री को व्यवस्थित करने के साथ-साथ समूह में व्यवस्थित करना भी सिखाता है ताकि सीख मिल सके।

व्यक्तिगत अनुशासन और समूह अनुशासन पर जोर दिया जाता है और यहाँ सीख जीवन भर मिलती रहती है।

शर्मीले और आरक्षित प्रवृत्ति वाले बच्चे खुलकर बातचीत करते हैं और खुद को स्वतंत्र संचार में मदद करते हैं, जिससे अंतर-वैयक्तिक संबंध बढ़ते हैं।

इससे निश्चित रूप से उनकी सीखने और समझ को बढ़ाने में मदद मिलेगी।

ग्रुप प्रोजेक्ट के लिए किन तरीकों का पालन करना चाहिए?

समूह कार्य का तात्पर्य समूह में एक-दूसरे से बातचीत करना और मिलना-जुलना है।

चैट करने के लिए कुछ मिनट रखें

अपने कौशल के बारे में सोचने के लिए एक मिनट का समय निकालना सहायक हो सकता है

अपनी ताकत और कमजोरियां साझा करें।

एक समूह के रूप में एक साथ बनाएं।

कार्य को निष्पक्ष और समान रूप से विभाजित करना महत्वपूर्ण है।

किसी मीटिंग के दौरान निभाई जाने वाली महत्वपूर्ण भूमिकाओं में शामिल हैं:

स्टार्टर सुझाव देता है और विचार प्रस्तुत करता है।

प्रश्नकर्ता सदस्यों से किसी विषय पर जानकारी या विचार साझा करने के लिए कहता है।

शांतिदूत विरोधी विचारों को देखता है और उनमें से प्रत्येक में कुछ उपयोगी पाता है, जिससे लोगों को मतभेद दूर करने में मदद मिलती है।

यदि समस्या आती है तो अपने शिक्षक से बात करें। तरीकों का पालन करना सीखना बच्चे के लिए भविष्य में ऐसे अंतर-संचार कौशल का सामना करने के लिए एक वरदान है। इसलिए इस पद्धति में समूह में स्वतंत्र दृष्टिकोण के साथ संचार शामिल होना चाहिए।

चर्चा मैत्रीपूर्ण होनी चाहिए।

समूह के सदस्यों को धैर्य रखना होगा और दूसरों की बात सुननी होगी। यहाँ सुनने का कौशल काम आता है।

इसमें बहस की आवश्यकता नहीं है, बल्कि समूह में प्रत्येक व्यक्ति के प्रति उचित सम्मान के साथ विचार देने और लेने की आवश्यकता है।

प्रत्येक का योगदान समान रूप से महत्वपूर्ण है। वह विचार रख सकता है और समझा सकता है कि इसे स्वीकार करने की आवश्यकता क्यों है।

यह फिर से जीवन कौशल का एक हिस्सा है जो आगे के जीवन के लिए आधार बनाता है।

किसी भी प्रकार के मतभेद को सौहार्दपूर्ण ढंग से सुलझाया जा सकता है और ग्रुप प्रोजेक्ट के संचालन के लिए आगे बढ़ने का यही एक वास्तविक तरीका है।

गाइड लाइन्स:

प्रोजेक्ट शिक्षा का एक महत्वपूर्ण साधन है।

विद्यालय के प्रत्येक स्तर पर 2 से 4 प्रोजेक्ट्स होने चाहिए।

यह जीवन कौशल निर्माण का एक आवश्यक तरीका है।

शिक्षकों को बच्चों का मददगार, सुविधाप्रदाता और मार्गदर्शक बनने की जरूरत है।

एक प्रोजेक्ट में सीखने की क्षमता अनंत है।

इसलिए सीखने के लिए प्रोजेक्ट का विकल्प न होना सही नहीं है।

सफर और फील्ड ट्रिप्स

छात्रों के साथ किसी विशेष स्थान पर जाने वाले लोगों के समूह को फील्ड ट्रिप कहा जाता है। फील्ड ट्रिप की इस पूरी प्रक्रिया को हम तीन भागों में बाँट सकते हैं।

1. तैयारी
2. गतिविधियाँ
3. फॉलो-अप गतिविधियाँ

तैयारी

पहला भाग यानी तैयारी शिक्षकों और छात्रों दोनों पर लागू होती है। इससे दोनों पक्षों को अपने नियमित जीवन से बहुत आवश्यक अवकाश मिलता है। शिक्षक निर्णय लेने से पहले चयनित स्थान और सीखने के उद्देश्यों का अध्ययन करते हैं। उनका अनुभव उन्हें क्लास के बाहर बहुत कुछ सीखने को देता है। चिड़ियाघरों और प्रकृति केंद्रों जैसे स्थानों की यात्रा के दौरान उनकी बातचीत इंटरैक्टिव डिस्प्ले प्रदान करती है जो बच्चों को पौधों और जानवरों को छूने की अनुमति देती है।

गतिविधियाँ

यात्रा के दौरान व्याख्यान, सफर, कार्यपत्रक, वीडियो और प्रदर्शन गतिविधियों के अंतर्गत आते हैं। इन सबके लिए शिक्षक की तैयारी की आवश्यकता होती है और उन्हें बहुत अच्छी तरह से तैयार रहना होता है, जिसमें गतिविधियों की बैक-अप योजनाएँ आदि शामिल होती हैं। दृश्य शिक्षा का प्रभाव ऐसा होता

है कि छात्र स्पर्श, अनुभव और सुनने के माध्यम से सीखने के लिए प्रेरित होते हैं। इससे उन्हें क्लास के निर्देशों को बेहतर ढंग से समझने में भी मदद मिलती है। इससे विषयों, सहिष्णुता और संस्कृति की बेहतर समझ हासिल करने में भी मदद मिलती है। यह बाहरी दुनिया से रूबरू होने का भी जरिया बन जाता है।

फॉलो-अप गतिविधियाँ

फिर वापसी के बाद फॉलो-अप गतिविधियाँ आती हैं। ये फॉलो-अप गतिविधियाँ एक रिपोर्ट लिखना, एक चर्चा, एक रोल प्ले, एक पावर प्वाइंट प्रेजेंटेशन आदि हो सकती हैं। बच्चे इसके बारे में लिखने, चर्चा करने और विषय पर आत्मविश्वास से बात करने के लिए बेहतर स्थिति में होते हैं और इसे अलग तरह से प्रस्तुत करने में रोमांच महसूस करते हैं। सबसे अच्छी बात यह है कि चाहे उनमें किसी भी स्तर की व्यक्तिगत क्षमता क्यों न हो, वे अपने बारे में अत्यधिक आश्वस्त हो जाते हैं।

शिक्षाविदों के अनुसार, शोध कार्य उन वयस्क लोगों का क्षेत्र है जो ज्ञान के लिए प्यासे हैं और आमतौर पर इसे कॉलेज के बाद उच्च अध्ययन के लिए विशेषज्ञता के क्षेत्र के रूप में चुना जाता है। शिक्षा की इन सभी तकनीकों का उपयोग अनुसंधान में भी किया जाता है। आपको बता दें कि रिसर्च का इस्तेमाल सिर्फ पीएचडी स्तर पर ही नहीं, बल्कि प्री-प्राइमरी में भी किया जाता है।

इसका उपयोग कैसे किया जाता है?

यदि वह शोध है, तो क्षेत्रीय कार्य क्या है और विभिन्न स्तरों पर बच्चों को क्या प्रोजेक्ट्स दिए जाते हैं? इन क्षेत्रीय कार्यों और प्रोजेक्ट्स में, सभी आवश्यक सामग्री एकत्र की जाती है, जानकारी जमा की जाती है और उसका अवलोकन किया जाता है। इनका गहराई से अध्ययन किया जाता है. अंततः, जो परिणाम या रिपोर्ट बनाई या उत्पादित की जाती है वह प्रोजेक्ट के अंतिम मूल्यांकन के अलावा और कुछ नहीं है और अनुसंधान के रूप में सभी के ध्यान में लाया जाता है।

मेरा मानना है कि प्री-प्राइमरी का बच्चा भी शोध के लिए काम करने में सक्षम है। उनका अवलोकन बहुत तीक्ष्ण है और वे अपनी पांच इंद्रियों के साथ जो कुछ भी अनुभव करते हैं उसे कवर करता है। ये बच्चे लगातार सवाल करते रहते हैं और यह अपने आप में उनके सामने आने वाली हर चीज में नवीनता खोजने का एक बुनियादी संकेत है।

जैसे- प्री-प्राइमरी के बच्चों को एक सेब या कोई फल दें।

देखिए कि वे क्या कहते हैं।

हो सकता है कि वे आपको रंग, आकार, स्वाद और न जाने क्या-क्या बताएं। इस प्रक्रिया में वे चिल्लाते हैं और शायद शरारती व्यवहार भी करते हैं। लेकिन जैसे वे आनंद ले रहे होते हैं, वे अपने तरीके से शोध कार्य कर रहे होते हैं। परिणाम वही है जो वे बोल रहे हैं। यह शोध आधारित गतिविधि है।

चलिए इसे तोड़ें और आसान करें -

ये सफर और फील्ड वर्क क्या हैं?

आपकी कहीं भी यात्रा, रुचि संचय की प्रक्रिया है।

यदि ये सफर गतिविधि आधारित हैं, तो इसे फील्ड वर्क कहा जाता है।

उन्हें विशिष्ट उद्देश्य के साथ आयोजित करने की आवश्यकता है और वह उद्देश्य आधारित होनी चाहिए।

ये यात्राएँ आयोजित होती हैं।

फ़ील्ड वर्क एक उद्देश्य के साथ होते हैं और विषय विशिष्ट होते हैं। फ़ील्ड वर्क विषय के साथ सीधे संपर्क में लाता है।

प्रत्यक्ष स्तर पर अनुभव की गई स्थिति, फ़ील्ड वर्क है और इसलिए सीखने में उसका अपना विशेष स्थान है।

इस उद्देश्य के लिए चुने गए फ़ील्ड विषय-दर-विषय भिन्न होते हैं।

छात्र उत्साहित होते हैं, रुचि रखते हैं और नियमित सीखने के नीरस तरीकों से दूर होते हैं।

ये सफर क्यों आयोजित और संचालित किये जाते हैं?

यहाँ सीखना व्यापक, विस्तृत और प्रासंगिक जानकारी से भरपूर है।

यह 'मैं करता हूँ, मैं सीखता हूँ' की अवधारणा पर आधारित है।

शिक्षक सिर्फ एक मार्गदर्शक है; बाकी शिक्षा छात्रों के लिए स्वचालित है।

यह उनकी बौद्धिक और मानसिक क्षमताओं के बावजूद सभी स्तरों के बच्चों की जरूरतों को पूरा करता है। ये सफर बच्चों को एक तरीके से सीखने के लिए प्रेरित करते हैं।

यह क्लास से बाहर की शिक्षा है जहाँ स्वयं सीखने की जिज्ञासा पूरी होती है।

यह न केवल स्वयं सीखने को बल्कि शिक्षक के मार्गदर्शन में सीखने को भी प्रोत्साहित करता है।

सीखना इतने सरल तरीके से होता है कि छात्र बिना किसी की मदद के विस्तृत अनुभव को समझ लेता है, हालाँकि मार्गदर्शन आवश्यक है।

ये सफर और फ़ील्ड वर्क कैसे संचालित किये जाते हैं?

सबसे पहले, उन्हें वर्गीकृत करने की आवश्यकता है: मनोरंजन, वैज्ञानिक, औद्योगिक, ऐतिहासिक आदि।

ये विषय-विशेष हो सकते हैं।

उद्देश्य और प्रासंगिकता के आधार पर वे छोटे या लंबे हो सकते हैं।

सीखना निश्चित रूप से होता है। बच्चा अधिक आत्मविश्वासी बनता है और इसमें कोई संदेह नहीं है।

इसका परिणाम यह होता है कि विषय को आत्मसात करने में काफी मदद मिलती है।

यह आपकी स्मृति में रहता है। यह आगे के अध्ययन, अनुसंधान, लेख और किताबें लिखने के लिए उपयोग की जाने वाली विषय वस्तु के संचय में मदद करता है।

छात्रों को सैद्धांतिक स्पष्टीकरण के बजाय विषय के व्यावहारिक पहलू से अवगत कराया जाता है। यह प्रदर्शन निश्चित रूप से उनके लिए इसे बेहतर ढंग से समझना आसान बना देगा।

शरारती छात्र पढ़ाई में ज्यादा रुचि लेते हैं क्योंकि उन्हें चार दीवारों के अंदर पढ़ाई की तुलना में बाहर जाकर पढ़ाई करने में ज्यादा मजा आता है।

औसत से नीचे के बच्चे साथियों की सीख को पसंद करते हैं, समझते हैं और आत्मसात करते हैं। परिणामस्वरूप उनका संकोच दूर हो जाता है और सीखना शुरू हो जाता है।

सारांश

दौरों और फील्ड ट्रिप्स का सार यह सुनिश्चित करना है कि शिक्षा घटित हो।

सीखना छात्र जीवन के हर स्तर पर होता है, चाहे मानसिक और बौद्धिक क्षमता कुछ भी हो।

सीखना आजीवन और एक स्थायी प्रक्रिया है।

बच्चे के स्तर की परवाह किए बिना प्रत्येक गतिविधि अनुसंधान आधारित है।

खंड III

क्लास से परे

"जीवन कौशल»

'जीवन कौशल' को इस प्रकार परिभाषित किया गया है -

"अनुकूल और सकारात्मक व्यवहार की क्षमताएं जो व्यक्तियों को रोजमर्रा की जिंदगी की मांगों और चुनौतियों से प्रभावी ढंग से निपटने में सक्षम बनाती हैं|"

सरल शब्दों में इसका अर्थ यह है कि प्रत्येक मनुष्य में जीवित रहने के लिए जीवन में आनेवाली चुनौतियों का सामना करने की क्षमता होनी चाहिए। उन्हें उन स्थितियों और परिस्थितियों के अनुकूल ढालना चाहिए जो उनके परिवेश को परिभाषित करती हैं| और मनुष्य को सकारात्मक तरीके से प्रतिक्रिया देने में सक्षम होना चाहिए ताकि उन्हें जीवन में हर दिन आनेवाली मांगों को पूरा करने और उनसे निपटने में मदद मिल सके।

जीवन कौशल की दो श्रेणियां हो सकती हैं:/ जीवन कौशल को दो श्रेणियों में विभाजित किया जा सकता हैं:

मनन कौशल

सामाजिक कौशल

मनन कौशल रचनात्मकता/ सृजन से संबंधित है। यह रचनात्मक कौशल है जिसका उपयोग व्यक्ति कमाई/ उपार्जन/आमदनी करने के लिए जीवन कौशल के रूप में करता है। यह कौशल रचनात्मकता और प्रशिक्षण पर आधारित है।

सामाजिक कौशल वह कौशल है जहाँ लोगों को एक विशेष क्षेत्र में प्रशिक्षित किया जाता है, जो उन्हें समाज की सेवा कर अपना जीवन यापन करने में सहायता करता है। यहाँ मुख्य रूप से प्रशिक्षण के माध्यम से कौशल हासिल करने पर जोर दिया गया है।

कौशल चाहे जो भी हो, उसे छात्रावस्था से शुरू करना और उच्च शिक्षा के माध्यम से आगे बढ़ाना सबसे योग्य होता है। तथा इन कौशलों का उपयोग जीवनयापन करने के तकनीक हासिल करने के लिए करें।

आजीविका कौशल:

'आजीविका कौशल' या व्यावसायिक/पेशागत कौशल, व्यक्तिगत और घरेलू आर्थिक लक्ष्यों को आगे बढ़ाने और आय से संबंधित क्षमताओं, संसाधनों और अवसरों को सूचित करते हैं।

इस प्रकार, जीवन कौशल आजीविका कौशल से भिन्न हैं।

ये पेंटिंग, गायन, नृत्य और बहुत कुछ हो सकते हैं। सृजनात्मक मनन भी अभिव्यक्त होने का नया तरीका खोजने और अनुसंधान के माध्यम से काम करने पर आधारित है। (complex construction) मुख्य रूप से मनन और कृति करना आवश्यक हैं। आजीविका कौशल में व्यक्तिगत और घरेलू आर्थिक लक्ष्यों को आगे बढ़ाने की क्षमताओं, संसाधनों और अवसरों का जिक्र करने वाले व्यावसायिक कौशल भी शामिल है और यह आय से संबंधित है। वे डॉक्टर, इंजीनियर, शिक्षक आदि हो सकते हैं। वे शिक्षित होने, प्रशिक्षित होने, काम करने के कौशल प्राप्त करने पर आधारित हैं। वे इलेक्ट्रीशियन, प्लंबर, बढ़ई, राजमिस्त्री आदि हो सकते हैं।

व्यावसायिक/ पेशागत कौशल

मैकेनिक

ड्राइविंग

सिलाई

बढ़ईगीरी

चिनाई

अध्यापन

पाक कौशल

कढ़ाई

बुनाई

बहीखाता रखना

WHO द्वारा निर्धारित दस प्रमुख जीवन कौशल हैं:

1. **आत्म-जागरूकता**
2. **सहानुभूति**
3. **आलोचनात्मक सोच/ क्रिटिकल थिंकिंग**
4. **सृजनात्मक मनन**
5. **निर्णयशीलता**
6. **समस्या का समाधान**
7. **प्रभावी संचार**
8. **पारस्परिक संबंध**
9. **तनाव व्यवस्थापन**
10. **भावना व्यवस्थापन**

आत्म-जागरूकता:

इसमें 'स्वयं', हमारे चरित्र, हमारी ताकत और कमजोरियों, इच्छाओं और नापसंदों की पहचान शामिल है।

आत्म-जागरूकता विकसित करने से हमें यह पहचानने में मदद मिल सकती है कि हम कब तनावग्रस्त हैं या दबाव महसूस कर रहे हैं।

यह अक्सर प्रभावी संचार और पारस्परिक संबंधों के साथ-साथ परस्पर सहानुभूति विकसित करने के लिए एक महत्वपूर्ण आधार माना जाता है।

सहानुभूति:

सहानुभूति यह कल्पना करने की क्षमता होती है कि किसी अन्य व्यक्ति का जीवन कैसा है।

सहानुभूति के बिना, दूसरों के साथ हमारा संचार एकतरफा यातायात जैसा होगा।

जब हम खुद के साथ-साथ दूसरों को भी समझते हैं तो हम अपनी जरूरतों और इच्छाओं को संप्रेषित करने के लिए बेहतर रूप से तैयार होते हैं।

सहानुभूति हमें दूसरों को स्वीकार करने में मदद करती है, जो हमसे बहुत अलग हो सकते हैं।

आलोचनात्मक सोच:

आलोचनात्मक सोच याने वस्तुनिष्ठ तरीके से जानकारी और अनुभवों का विश्लेषण करने की क्षमता।

किसी चीज़ को देखना या उस पर ध्यान केंद्रित करना और दी गई जानकारी का विस्तृत रूप से विश्लेषण करने की क्षमता होना एक उपहार है, हर कोई ऐसा नहीं कर सकता। किसी बात का सकारात्मक ढंग से आलोचक होना और रचनात्मक तरीके से मुद्दे सामने लाना अपने आप में एक क्षमता है। ऐसा करते समय व्यक्ति को व्यक्तिपरकता और वस्तुनिष्ठता दोनों का अनुभव होता है। लेकिन इसे वस्तुनिष्ठ तरीके से अनुभव करने से उन बातों को सामने लाने में मदद मिलती है जो सकारात्मक विकास के लिए महत्वपूर्ण हैं। यह इस तरह की प्रतिक्रिया को व्यापक रूप से समझने और इसे स्वीकार करने के बारे में होती है। (complex construction)

आलोचनात्मक सोच हमें प्रभावित करने वाले कारकों को पहचानने और उनका आंकलन करने में मदद कर के स्वास्थ्य में योगदान कर सकता है।

साथ ही, इस बात से अवगत रहें कि आलोचनात्मक सोच काम बन जाता है और वह हमें मनोवैज्ञानिक तरीके से प्रभावित भी करता है। उदाहरण: हमारे दृष्टिकोण, व्यवहार, मूल्य जो साथियों के दबाव और मीडिया से प्रभावित होनेवाले मूल्य। आलोचनात्मक सोच हमें हमारी सोच के व्यापक दायरे में

लाती है। यह हमें दृष्टिकोण और व्यवहार के व्यक्तिपरक क्षेत्र से दूर ले जाता है। यह हमें विषय के व्यापक क्षेत्र तक पहुँचने में मदद करता है। हमारा दृष्टिकोण विस्तृत होता है, व्यवहार विस्तृत होता है, मूल्य विस्तृत होते हैं। यही वह चीज़ है जो हमें साथियों के दबाव और मीडिया के प्रभाव से बाहर आने में मदद करती है।

i. मनोवृत्ति

ii. व्यवहार

iii. मूल्य

iv. साथियों का दबाव

v. मीडिया.

सृजनात्मक चिंतन:

सृजनात्मक चिंतन चीजों को देखने या करने का एक नया तरीका है जो चार घटकों की विशेषता है -

प्रवाह (नए विचार उत्पन्न करना),

प्रवाह रचनात्मक ढंग से विचारों को सामने लाने पर केंद्रित होता है। दूसरे शब्दों में, किसी विशेष तरीके या कार्य पद्धति के लिए नए विचार उत्पन्न करना, या यह किसी विशेष घटना, पुस्तक या ऐसी किसी अन्य अवधारणा के लिए हो सकता है। इसकी व्यावहारिकता या संभाव्यता पर विचार करने के बाद इसकी सफलता को सत्यापित करने के लिए इस नए विचार को लागू किया जा सकता है।

लचीलापन (परिप्रेक्ष्य आसानी से बदलना),

किसी भी समय कहीं भी समायोजित होने में सक्षम होने के लिए लचीलापन एक बहुत ही आवश्यक गुण है। विचार की कोमलता या लोच बहुत महत्वपूर्ण है। समझदार और बुद्धिमान इनपुट पर विचार करें जिन्हें शामिल करने की आवश्यकता है, ताकि परिप्रेक्ष्य में बदलाव को आसान बनाया जा सके।

मौलिकता (किसी नई चीज़ की कल्पना करना),

ऐसा माना जाता है कि यह जितना मौलिक है उतना ही सृजनात्मक भी। सृजन का अर्थ है कुछ मौलिक/ नयी रचना । रचनात्मकता से मौलिकता का जन्म होता है। यदि विचार मौलिक है तो उसे रचनात्मक ढंग से सामने लाया जाता है। एक रचनात्मक विचार, यहा एक मौलिक विचार या कल्पना होती है। इसलिए सृजनात्मक चिंतन में मौलिकता याने नई चीज़ की कल्पना करना होता है।

विस्तार (अन्य विचारों पर निर्माण)

विस्तार याने स्पष्टीकरण, प्रवर्धन या अलंकरण, उभार या अतिशयोक्ति। जिसमें पहले से ही एक विचार मौजूद है जिस पर अन्य विचार निर्मित होते हैं। इसलिए विस्तार केवल अन्य विचारों पर आधारित होता है।

स्पोकन इंग्लिश

भारत में अंग्रेजी भाषा की स्थिति

जैसा कि हम सभी जानते हैं, अंग्रेजी यह ब्रिटेन की एक भाषा है, जो ब्रिटिश व्यापारियों के साथ यात्रा करती थी। जिन्होंने अपनी शिक्षा और उद्यमशील रवैये से अन्य सभी यूरोपीय यात्रियों को पीछे छोड़ दिया, जो खुद को एशिया के सबसे समृद्ध देशों में स्थापित करना चाहते थे। ब्रिटेन न केवल व्यापारिक लाभ में ल हुआ, बल्कि उसने भारतीय समाज को अंधविश्वासों से भरा हुआ पाया, जिस पर आसानी से सामाजिक रूप से प्रभुत्व स्थापित किया जा सकता था। इसके मुख्य प्रतिनिधि, ईस्ट इंडिया कंपनी ने इसमें इस हद तक महत्वपूर्ण भूमिका निभाई कि स्कूलों में एक भाषा के रूप में अंग्रेजी को पेश किया गया। यह वह संभावित मोड़ था जिसने भारतीय समाज की गहरी जड़ों को पोषित किया। ऐसा पहले भी था और अब भी है और दिन-प्रतिदिन बढ़ते हुए उस स्थिति तक पहुँच गया जहाँ यह आज है।

लोग अंग्रेजी को पसंद करते हैं क्योंकि यह न केवल विभिन्न भारतीय राज्यों और लोगों के बीच एक संपर्क भाषा के रूप में काम करती है, बल्कि विदेशों में सफलतापूर्वक रहने के ऊंचे सपने देखनेवाले उन सभी पेशेवरों के लिए एक वैश्विक भाषा के रूप में पुल भी प्रदान करती है। अपने लक्ष्य को प्राप्त करने के लिए उन्हें वैश्विक स्वीकृति की आवश्यकता है और इसके लिए उन्हें अंग्रेजी सीखना आवश्यक होता है। देश, संस्कृति के एक संक्रमणकालीन चरण से गुजर रहा है जहाँ महत्वाकांक्षी और आर्थिक रूप से समृद्ध होने के इच्छुक लोग इस भाषा को सीखना चाहते हैं और स्वदेशी भाषाओं और उनकी संस्कृति की कीमत पर पश्चिमी संस्कृति की नकल करना चाहते हैं। परिणामस्वरूप, शिक्षा का प्रसार

इतनी तेजी से बढ़ रहा है कि ग्रामीण आबादी भी अंग्रेजी भाषा में महारत हासिल करने की इस दौड़ में पीछे नहीं रहना चाहती। ग्रामीण क्षेत्रों में भी अंग्रेजी की व्यापक शिक्षा होती है। यह सकारात्मक संकेत स्वागतयोग्य है, लेकिन बदले में, हमारी अपनी भाषाओं को सीखना लंबे समय से उपेक्षित रहा है । यह एक दुखद स्थिति है । यह हमें कहां ले जाएगा? आने वाली पीढ़ियाँ पूरी तरह से इस संपर्क को खो सकती हैं, जिसके परिणामस्वरूप हमारी भाषाएँ और अंततः हमारी संस्कृति की मृत्यु हो सकती है। अब समय है कि देश के सभी बुद्धिजीवी एकजुट होकर अपनी प्राचीन संस्कृति और समृद्ध विरासत को बचाएं। मुझे लगता है कि हमें कहीं न कहीं अंग्रेजी को स्वीकार करके और अपनी पहले से मौजूद समृद्ध संस्कृति को और समृद्ध करके इसे संतुलित करना चाहिए। कम से कम आधी शताब्दी पहले स्वतंत्रता प्राप्त करने के बावजूद हमें अपनी संस्कृति को ब्रिटिश प्रभुत्व की उज्ज्वल रोशनी में लुप्त नहीं होने देना चाहिए।

कभी-कभी मुझे लगता है कि इस तरह का डर निराधार है। हमारी संस्कृति और सभ्यता के हजारों वर्षों को ध्यान में रखते हुए, जो सकारात्मक पहलुओं को स्वीकार करने और नकारात्मक प्रभावों को छानने के लिए काफी मजबूत है और इस प्रकार, इस प्रक्रिया से और अधिक मजबूत हो जाती है। हम शायद उन पर हावी थे क्योंकि हम एक इकाई के रूप में एकजुट नहीं थे, आपसी झगड़ों में उलझे हुए थे और गहरे अंधविश्वासों से घिरे हुए थे। दूसरी ओर, अंग्रेजों ने हमें एक मजबूत संघ - हमारा देश - वापस दिया - उन्होंने हमें एक सामान्य संपर्क भाषा दी, सती जैसी कई सामाजिक बुराइयों को समाप्त किया, और नियमों के माध्यम से विधवा पुनर्विवाह को प्रोत्साहित किया। विभिन्न माध्यमों से हमें ज्ञान दिया, कुएं के मेंढक की तरह होने की छवि को मिटाया।

अंग्रेजी भाषा हमारे लिए 'दुनिया की खिड़की' के रूप में काम कर रही है। इसने हमें विभिन्न विषयों में विख्यात होनेवाले कई नोबेल पुरस्कार विजेता दिए हैं। जैसे की रवीन्द्रनाथ टैगोर, सी वी रमन, और अमर्त्य सेन। यह भाषा भारत के असंख्य बुद्धिजीवियों को नवीनतम आश्चर्य यानी कंप्यूटर से परिचित कराने में भी सहायक है। लोग न केवल वैश्विक समृद्धि में योगदान दे रहे हैं बल्कि अपनी जड़ों की ओर लौट रहे हैं और यहाँ गरीबी उन्मूलन के लिए अपना

सर्वश्रेष्ठ प्रयास कर रहे हैं। मैं दृढ़ता से महसूस करती हूँ कि हमें न केवल अंग्रेजी भाषा को आगे बढ़ाना चाहिए और अपने दरवाजे पर अवसरों का पता लगाना चाहिए, बल्कि समान उत्साह के साथ अपनी भाषाओं और संस्कृति को आगे बढ़ाने और विकसित करने की दिशा में सम्मान और काम करना चाहिए। हमारे देश की प्रत्येक भाषा में समृद्ध और विविध साहित्य है, जिसमें स्थानीय और क्षेत्रीय बुद्धिजीवियों का योगदान है, जिसे नजरअंदाज नहीं किया जा सकता है। यह मूल्यवान है, अनुवादित किया जा सकता है और वैश्विक स्तर पर प्रस्तुत भी किया जा सकता है।

मनुष्य स्वाभाविक रूप से आर्थिक समृद्धि की ओर आकर्षित होता है और वर्तमान समय में अंग्रेजी सीखना निश्चित रूप से उसे समृद्धि की ओर ले जाता है। इस विचार को स्वीकार करने के बजाय कि यह हमारी भाषाओं और संस्कृति की धीमी और स्थिर मृत्यु का मार्ग प्रशस्त करता है, मैं हमारी संस्कृति के और अधिक फलने-फूलने के बारे में आशावादी होना चाहूँगी क्योंकि वेदों (पवित्र हिंदू धर्मग्रंथों) में ज्ञान का ऐसा महासागर है जिसे बिल्कुल भी नजरअंदाज नहीं किया जा सकता। पंडितों द्वारा वेदों के कई क्षेत्रों की खोज की गई और उन्हें न केवल स्थानीय, राष्ट्रीय बल्कि वैश्विक स्तर पर भी लोगों के सामने प्रकट किया गया। अगर हमने इसे मरने दिया तो हमें भारी नुकसान होगा। मेरा मानना है कि ऐसा नहीं होना चाहिए और ना ही हो सकता है। पश्चिम, वैदिक ज्ञान की गहरी परतों को जानने के लिए प्यासा है। इसके बारे में जानना न केवल क्षेत्रीय भाषाओं बल्कि सभी भारतीय भाषाओं की जननी संस्कृत के बारे में भी जानना बहुत जरूरी है।

इस वर्तमान परिदृश्य में, अंग्रेजी भाषा, विचारों के आदान-प्रदान का आवश्यक माध्यम बनकर खड़ी है, जिससे प्रगति को गति मिलती है। यह न केवल आगे के विकास के लिए विभिन्न मार्गों के साथ प्रतिस्पर्धा करने और आगे बढ़ने की चुनौतियाँ प्रदान करता है, बल्कि समृद्धि की ओर ले जानेवाली आर्थिक और वित्तीय प्रगति भी सुनिश्चित करता है। भारत, जो पहले से ही एशियाई उपमहाद्वीप में एक संभावित शक्तिशाली देश है, भविष्य में वह वैश्विक महाशक्तियों में से एक भी हो सकता है।

कम्प्यूटर का आविष्कार एवं इसका तीव्र विकास वर्तमान समय की आवश्यक उपलब्धियों में से एक है। कम्प्यूटर जगत में भारतीय मस्तिष्क का योगदान अविश्वसनीय एवं निर्विवाद है। भारतीय मस्तिष्क को सर्वोत्तम मस्तिष्क में से एक माना जाता है। ऐसा केवल अंग्रेजी भाषा के कारण ही संभव हो सका, जो दुनिया भर में संचार के एक मजबूत माध्यम के रूप में शामिल हो गई है।

8 वीं और उससे ऊपर की कक्षाओं के लिए:

शब्दावली:

इसमें मुख्य रूप से असंख्य शब्दों और उनके उपयोग को सीखने के साथ शब्दावली का संवर्धन शामिल है। शब्दावली सीखना किसी भी विदेशी भाषा सीखने का अनिवार्य हिस्सा है क्योंकि नए शब्दों के अर्थों पर अक्सर जोर दिया जाता है, चाहे किताबों में या कक्षाओं में। यह भाषा शिक्षा का भी केंद्र है और भाषा सीखने वाले के लिए अत्यंत महत्वपूर्ण है।

शब्दावली किसी व्यक्ति की भाषा में परिचित शब्दों का एक समूह है। एक शब्दावली, जो आम तौर पर उम्र के साथ विकसित होती है, संचार और ज्ञान प्राप्त करने के लिए एक उपयोगी और मौलिक उपकरण के रूप में कार्य करती है। दूसरी भाषा सीखने में व्यापक शब्दावली हासिल करना सबसे बड़ी चुनौतियों में से एक है।

वाचन सफलता के लिए शब्दावली तीन कारणों से महत्वपूर्ण है: चूँकि वाचन का अंतिम लक्ष्य 'आकलन' है, इसलिए आप शब्दावली विकास के महत्व को कम नहीं आंक सकते। शब्द संचार की मुद्रा हैं। एक मजबूत शब्दावली संचार के सभी क्षेत्रों - सुनना, बोलना, पढ़ना और लिखना - में सुधार करती है। (वेब पेजों से)

व्याकरण:

कोई भी व्यक्ति जो भी बोलता है, उसका व्याकरणिक रूप से सही होना आवश्यक है।

व्याकरण महत्वपूर्ण है क्योंकि यह वह भाषा है जो हमारे लिए भाषा के बारे में बात करना संभव बनाती है। व्याकरण उन शब्दों के प्रकारों और शब्द समूहों का नाम देता है जिनसे वाक्य बनते हैं, न केवल अंग्रेजी में बल्कि किसी भी भाषा में। ... "लोग व्याकरण को त्रुटियों और शुद्धता से जोड़ते हैं। व्याकरण कौशल शिक्षा से लेकर नेतृत्व तक और सामाजिक जीवन से लेकर रोजगार के अवसरों तक जीवन के हर पहलू में उपयोगी हैं। अंग्रेजी को दूसरी भाषा के रूप में समझने के लिए भी उचित व्याकरण आवश्यक है जहाँ तक एक नई भाषा सीखने की बात है, चूँकि सभी भाषाएँ व्याकरणिक पैटर्न का पालन करती हैं। संचार एक सीखा हुआ कौशल है, खुद को अच्छी तरह से और सफलतापूर्वक व्यक्त करने के लिए, लोगों को प्रभावी ढंग से संचार करना सीखना चाहिए, इसलिए व्याकरण बहुत महत्वपूर्ण है यह सटीकता बढ़ाने में मदद करता है।

व्याकरण कौशल बेहतर बनाने के लिए कुछ सुझाव:

1. वाचन: वाचन आपके व्याकरण कौशल को बेहतर बनाने का अहम तरीका हो सकता है।
2. एक व्याकरण पुस्तिका प्राप्त करें। पास में एक संपूर्ण संदर्भ पुस्तक रखना आवश्यक है जिससे आप लिखते समय परामर्श ले सकें।
3. बुनियादी बातों की समीक्षा करें।
4. अभ्यास करें।
5. दूसरों की बात सुनें।
6. प्रूफ़रीड...ज़ोर से।
7. लिखें।

उच्चारण:

उच्चारण किसी भी भाषा की अनिवार्य आवश्यकता है, चाहे उसकी उत्पत्ति कुछ भी हो। उच्चारण के साथ सही स्वर और उच्चारण आता है। उस मामले में, ऑक्सफोर्ड डिक्शनरी हमें शब्दों का उचित उच्चारण करने का तरीका बताती

है। "उच्चारण" से तात्पर्य उस तरीके से है जिससे हम शब्दों की ध्वनि निकालते हैं। शब्दों का उच्चारण करने के लिए, हम अपने फेफड़ों से हवा को अपने गले और स्वर रज्जु के माध्यम से, अपने मुंह के माध्यम से, अपनी जीभ के पास से और अपने दांतों और होंठों के बीच से बाहर धकेलते हैं। किसी भी अन्य भाषा की तरह, सही उच्चारण अंग्रेजी में भी कुशल संचार का आधार है। किसी भी भाषा में उच्चारण के महत्व पर निश्चित रूप से जोर दिया जाना चाहिए और अंग्रेजी भाषा इसका अपवाद नहीं है। उचित उच्चारण को भाषा की ध्वनियों के इस तरह से पुनरुत्पादन के रूप में परिभाषित किया जा सकता है कि इच्छित संदेश आसानी से प्रसारित हो, और संबंधित भाषा के धाराप्रवाह वक्ता द्वारा ठीक से समझा जा सके। यह भी कहा जा सकता है कि अच्छा उच्चारण वह है जिस पर देशी वक्ता ध्यान नहीं देते।

उच्चारण महत्वपूर्ण है क्योंकि यह आप पर पहला प्रभाव डालता है। कई अंग्रेजी सीखने वाले उच्चारण को नजरअंदाज कर देते हैं। वे सोचते हैं कि वे अंग्रेजी में संवाद करते हैं क्योंकि वे अपने शिक्षक और अन्य छात्रों के साथ संवाद कर सकते हैं। इसलिए शब्दों के उच्चारण की सटीक सीख लेना जरूरी है। साथ ही, इससे आप अधिक स्वाभाविक लगेंगे और तेजी से अंग्रेजी बोलना सीखेंगे। इससे आपको बेहतर अंग्रेजी सुनने में मदद मिलेगी, क्योंकि आप उन ध्वनियों को पहचानना सीखेंगे जो अन्य लोग निकाल रहे हैं। आप का आत्मविश्वास तेजी से बढ़ेगा।

अंग्रेजी उच्चारण कैसे सुधारें: संभाषण के लिए 8 सुझाव

1. सुनना सीखें. ...
2. ध्यान दें कि आपका मुंह और होंठ कैसे हिलते हैं। ...
3. अपनी जीभ पर ध्यान दें। ...
4. शब्दों को ध्वनियों में तोड़ें। ...
5. ध्वनियों और शब्दों पर तनाव जोड़ें। ...
6. उच्चारण पॉडकास्ट और वीडियो का उपयोग करें। ...

7. अपने आप को रिकॉर्ड करें। ...
8. किसी मित्र के साथ अभ्यास करें।

वर्णन:

शब्दावली के संवर्धन, व्याकरण के विशिष्ट ज्ञान, सही उच्चारण से सुसज्जित होने से भाषा में कथन सहजता से और उचित रूप से आता है।

गतिविधियाँ:

1. संवाद
2. एकालाप
3. नाटक
4. वर्णन
5. वाद-विवाद
6. वाचन
7. दूरदर्शन

संवाद:

संवाद याने व्यक्तियों के बीच होनेवाली बातचीत। इसे दो व्यक्तियों के बीच लाइव बातचीत के रूप में पढ़ा और बोला जा सकता है। कोई उन्हें प्रासंगिक भावनाओं और अभिव्यक्तियों के साथ बोलना सिखा सकता है। इसका अभ्यास एक शिक्षक की उपस्थिति में किया जा सकता है जो गलतियों की जांच कर सकता है, उनमें सुधार कर सकता है और यहाँ तक कि हंसते खेलते सीखने का आनंद भी दे सकता है। संवाद पात्रों के बीच बातचीत का एक रूप है। संवाद पात्रों के बीच संबंध बनाता और बदलता है और कथानक या कहानी को आगे भी बढ़ा सकता है। सामान्यतया, किसी कहानी में पात्रों के बीच बातचीत का मुख्य रूप संवाद है।

हालाँकि, एकालाप कई मायनों में संवादों से अलग है।

एकालाप:

एकालाप एक ही व्यक्ति द्वारा बोला जाता है और यह साहित्यिक नाटकों की तकनीकों में से एक है। कोई भी व्यक्ति इन एकालापों को हृदयंगम करके और बार-बार सुदृढीकरण द्वारा पूर्णता के साथ वर्णन करने का आनंद ले सकता है।

मोनोलॉग किसी कहानी, फिल्म, नाटक आदि में किसी पात्र या कलाकार द्वारा दिया गया एक लंबा भाषण है। एकालाप और संवाद के बीच मुख्य अंतर यह है कि पहला एक एकल चरित्र द्वारा किया गया भाषण है, जबकि दूसरा दो या दो से अधिक पात्रों के बीच की बातचीत है। एकालाप एक तरफा बातचीत है जिसमें एक व्यक्ति एक विशिष्ट श्रोता को संबोधित करता है।

नाटक:

नाटक वह होता है जिसमे कहानी को कई पात्रों के साथ लिखा जाता है। पूरी कहानी को नाटकीय रूप देकर मंच पर दर्शकों के लिए प्रदर्शित या प्रस्तुत किया जाता है। इसे किताबों के रूप में साहित्यिक अभिव्यक्ति के रूप में भी लिखा जा सकता है। इसे विभिन्न भूमिकाओं में मंच पर प्रदर्शित किया जा सकता है। नाटक के लिये डायलॉग्स सीखने पड़ते हैं और उन्हें याद भी करना पड़ता है। इस प्रकार नाटक भाषा सीखने का एक महत्वपूर्ण रूप हैं।

वर्णन:

वर्णन क्या है? किसी घटना, कहानी, प्रसंग आदि को बताना, वर्णन करना, प्रकट करना याने वर्णन है। कथन या कहानी सुनाना एक कला है। उत्तम भाषा का सहयोग, कथन के सौन्दर्य को बढ़ा देता है। महान आख्यानों में दर्शक या पाठक भी शामिल होते हैं। वर्णन एक व्यवस्थित क्रम में कहानी सुनाने का तरीका है । वर्णन में आम तौर पर किसी भी प्रकार की व्याख्या या किसी चीज़ के बारे में बताना शामिल होता है। इसका प्रयोग आमतौर पर कहानी सुनाने के संदर्भ में किया जाता है। लेकिन यह किसी भाषा को सीखने में किस प्रकार मदद करता है? इसमें किसी को अपने विचारों को व्यक्त करने के लिए आवश्यक शब्दावली, उचित शब्द और व्याकरणिक रूप से वाक्यों का सही निर्माण सीखने की आवश्यकता होती है। तभी कथन अपना स्वरूप

ग्रहण करता है। भाषा में जिसकी प्रवीणता जितनी अच्छी होगी, उसका आत्मविश्वास उतना ही बेहतर होगा। भाषा पर प्रभुता या महारत, छात्रों को अच्छा आत्मविश्वास दिखाने और उचित अभिव्यक्ति के साथ अपने कथन को आगे बढ़ाने की अनुमति देती है।

वाद-विवाद:

वाद-विवाद व्यक्तियों या टीमों के बीच विचारों का आदान-प्रदान है। यह स्वयं को सहज रूप से अभिव्यक्त करने का एक साधन हो सकता है, जिसके लिए भाषा के ज्ञान में निपुणता एवं प्रयोग अत्यंत आवश्यक है। इसे भाषा के संपर्क में आने से ही सर्वोत्तम रूप से प्राप्त किया जा सकता है। जो बच्चे छोटी उम्र से अंग्रेजी माध्यम के स्कूलों में जाते हैं वे अनुभव के परिणामस्वरूप भाषा सीखते हैं। वाद-विवाद का उद्देश्य किसी दिए गए विषय पर अपनी बात रखना और अपने दिल की बात कहना है। और फिर आपको अपने तर्क में विरोध सुनने को मिलेगा। वाद-विवाद करने की कला आपको अपनी बात साबित करना भी सिखाती है चाहे आपको उल्टा तर्क समझ आ रहा हो । यह आपके तर्क का परीक्षण करता है।

वाद-विवाद करने से आपके बच्चे को कई तरह से फायदा हो सकता है - संभाषण और श्रवण कौशल में सुधार से लेकर आत्म-सम्मान बढ़ाने तक। वाद-विवाद करना सीखना आपके प्राथमिक-स्कूल के बच्चे के लिए लाभदायक हो सकता है। यह बेहतर आलोचनात्मक सोच जैसे कौशल हो सकते हैं। इससे बेहतर शिष्टता, भाषण वितरण और सार्वजनिक सभाओं में बोलने के कौशल को भी बढ़ावा मिलता है। यह सब छात्रों द्वारा सीखी गई जानकारी की अवधारण को बढ़ा सकता है।

वाचन:

वाचन, किसी भाषा को सीखने का एक बहुत ही प्रभावी माध्यम/ साधन है। यह शब्दावली, वाक्य में प्रासंगिक अर्थ, शब्दों का सही उपयोग, व्याकरण के उपयोग को समझने में मदद करता है। यह किसी भाषा के छात्र को, किसी भाषा में व्याकरणिक रूप से सही वाक्य निकालने में सक्षम बनाने में सहायता

करता है। एक समय था, जब हम समाचार पत्र पढ़ते थे जो न केवल हमारे सामान्य ज्ञान, बल्कि भाषा को भी बेहतर बनाने में हमारी मदद करते थे। अफसोस की बात है कि आज की दुनिया में टीवी, धीरे-धीरे पढ़ने की आदत को खत्म कर रहा है। अधिकांश बच्चों को वाचन में रुचि नहीं है। इससे वे जीवन का एक बहुत ही महत्वपूर्ण क्षेत्र खो रहे हैं जिसकी भरपाई किसी और चीज़ से नहीं की जा सकती।

प्रत्येक माता-पिता और शिक्षक के लिए यह आवश्यक है कि वे बच्चों को वाचन का महत्व समझाकर इस आदत के प्रति प्रेरित करें। बुजुर्ग किताबें पढ़ सकते हैं, कहानियाँ सुना सकते हैं और बच्चों को उनकी उम्र के हर स्तर पर किताबें पढ़ने के लिए प्रोत्साहित और प्रेरित कर सकते हैं।

दूरदर्शन:

इसका एक्सपोजर ही एकमात्र मंत्र है।

माता-पिता और शिक्षकों को सलाह देने के बजाय मेरा सुझाव है कि बच्चों को अपनी निगरानी में उनके लायक टीवी कार्यक्रम देखने की अनुमति दी जाए। भाषा का नवीनतम माध्यम टेलीविजन/ दूरदर्शन है। सामग्री के साथ-साथ शब्दावली, व्याकरण का उपयोग और उच्चारण सीखने के लिए टीवी का बस अनुभव ही पर्याप्त है। यह बच्चे के लिए एक व्यापक भाषा और सामान्य ज्ञान शिक्षक की तरह साबित हो सकता है।

माता-पिता को यह सलाह दी जाती है कि वे बच्चों को अपने मार्गदर्शन में उनकी रुचि के कार्यक्रम देखने दें। इससे निश्चित तौर पर बच्चों को मदद मिलेगी।

निष्कर्ष:

मुख्य शब्द हैं एक्सपोजर, रीइन्फोर्समेंट और गाइडेंस। एक्सपोज़र सही प्रकार का वातावरण प्रदान कर रहा है जहाँ एक छात्र स्वतंत्र मन और आनंदमय वातावरण क साथ सीखता है।।

रीइन्फोर्समेंट, दोहराव के साथ सीखना है जिसमें सुधार तब तक दिखाया या प्रकट किया जाता है जब तक कोई अपने विचारों की अभिव्यक्ति में पूर्णता के करीब नहीं पहुंच जाता।

इस संपूर्ण अभ्यास के दौरान, एक आवश्यक तत्व उचित मार्गदर्शन का है। विद्यार्थी को उसकी मंजिल तक पहुँचने के लिए सही रास्ते पर ले जाने के लिए एक शिक्षक का विद्यार्थी को मार्गदर्शन देना बहुत आवश्यक है।

संदर्भ: वेब पेजों से

शिक्षा में सृजनात्मकता

सृजनात्मकता क्या है?

रचनात्मकता/सृजनात्मकता एक ऐसी चीज़ है जिसमें सोचने और अपने विचारों को क्रियान्वित करने में मौलिकता होती है।

सरल शब्दों में, यह दी गई जानकारी या स्थिति को तर्कसंगत बनाने, मूल्यांकन करने, विश्लेषण करने की एक तार्किक और अनुशासित प्रक्रिया है। सृजनात्मक चिंतन कौशल के उदाहरण समस्या समाधान, लेखन, काल्पनिक या दृश्य कला, संचार कौशल, खुली मानसिकता हो सकते हैं। यह एक अमूल्य कौशल है जो पुराने या पारंपरिक तरीकों के मुकाबले नयापन और ताजगी लाता है। रचनात्मकता/ सृजनात्मकता के लाभ उत्कृष्ट टीम निर्माण और टीम वर्क, बढ़ी हुई व्यस्तता और बातचीत, ध्यान आकर्षित करने की बेहतर क्षमता, बढ़ी हुई मौज-मस्ती, खुशी और उपलब्धि की भावना हैं।

रचनात्मकता/ सृजनात्मकता को बढ़ाने के कुछ तरीकों में नए दृष्टिकोण, नई चीजों, नए विचारों, समस्याओं से निपटने के नए तरीकों आदि के लिए चुनौतियों का सामना करना शामिल है।

किसी समस्या या स्थिति को खुले दिमाग से समझना।

उसे विश्लेषणात्मक दृष्टि से देखना।

कुछ ऐसा सोचना जो किसी ने नहीं सोचा होगा।(कुछ नया सोचे)

नोटबुक विचारों से शुरुआत करें।

संसाधनों के साथ नए विचारों का अन्वेषण करें।

क्लास के दौरान अन्य निर्माताओं पर शोध करें।

रचनात्मकता/ सृजनात्मकता के रूप में माइंडफुलनेस का परिचय दें।

डिज़ाइन करने के लिए मज़ेदार कहानियाँ सुनें।

चुनौतियों के समाधान पर मंथन करें।

रचनात्मकता/ सृजनात्मकता के लिए एक समयबद्ध प्रोजेक्ट रखें।

सृजनात्मक चिंतन एक नया तरीका या आउट ऑफ बॉक्स सोच है। यह एक ही समस्या को एक अलग दृष्टिकोण से देखना है।

सृजनात्मक चिंतन चीजों को देखने या करने का एक नया तरीका है जो चार घटकों की विशेषता है -

प्रवाह (नए विचार उत्पन्न करना),

जब विचार आएं तो उन्हें कैद कर लें।

बड़ा सोचें ।

बोलें और अपने विचार साझा करें।

प्रश्न पूछें।

समस्याओं का समाधान करनेवाले विचारों पर ध्यान केंद्रित करें।

विपरीत विचारों पर समान विचार लागू करें।

बच्चों और विद्यार्थियों के लिए चीज़ों को यथासंभव सरल बनाएं।

इसमें किसी भी नए या अलग विचार को पकड़ लेना और नोट कर लेना शामिल है। ऐसे विचारों को एकत्रित करें, दूसरों के विचारों से मिलान करें, उसमें जानकारी जोड़ें। अपने विचार को एक नई रचनात्मक पहल या डिज़ाइन में ढालने के लिए राय, भावनाएँ, दृष्टिकोण जोड़ें। अपने विचार को बडा होने दें। यह विस्तृत एवं सर्वांगीण होना चाहिए। इसका छोटा या संकीर्ण दृष्टिकोण होना आवश्यक नहीं है। साझा करने से रचनात्मकता/ सृजनात्मकता में नई अवधारणाएँ आएंगी। इसके बारे में बोलें और अपने रचनात्मक/ सृजनात्मक तरीकों को बेहतर बनाने और विस्तारित करने के लिए विचारों का आदान-

प्रदान करें। अधिक प्रश्न, समस्याओं को हल करने के अधिक तरीके देते हैं जो शिक्षा में रचनात्मक दृष्टिकोण को बढ़ावा दे पाएंगे। योजना पर ध्यान दें या समस्याओं के समाधान पर योजना बनाएं। विपरीत प्रस्तावों और पहलों पर समान तरीके आज़माएँ। अंततः इसके पीछे का उद्देश्य बच्चों और छात्रों के लिए सीखने को यथासंभव सरल और आसान बनाना है।

लचीलापन (परिप्रेक्ष्य आसानी से बदलना),

सृजनात्मकता याने कुछ नया करना/ सोचना

परिवर्तन या बदलाव के लिए तैयार रहें।

नए बदलावों का स्वागत करें।

लचीला होना ही मंत्र है।

मानव मस्तिष्क परिवर्तन से इंकार करता है।

हमें इसे बदलने की जरूरत है।

लचीलेपन का तात्पर्य आसानी से बदलने की क्षमता से है। यह लोच, कोमलता या यहाँ तक कि जिसे आसानी से खींचा या आकार दिया जा सकता है, वह हो सकता है। यह रचनात्मकता/ सृजनात्मकता का अभिन्न अंग है। यह दृष्टिकोण को आसानी से बदलने में भी सहायक है। यह एक नई सोच है, एक सृजनशील विचार है जो कुछ नया लेकर आता है। बदलाव के लिए तैयार रहने की जरूरत है। यह अपने साथ बदलाव लाता है जो स्वागत योग्य है, नए बदलाव जिन्हें खुले हाथों से स्वीकार किया जाना चाहिए क्योंकि वे शिक्षा की प्रक्रिया के लिए अच्छे हैं जो न केवल शिक्षकों बल्कि छात्रों और अभिभावकों और अंततः समाज की भी मदद करेंगे। संक्षेप में, लचीला होना ही मंत्र है। लचीलापन विस्तार योग्य और समावेशी है। सभी समावेशी नए विचार अनिवार्य रूप से सरल और आसानी से लागू होने चाहिए। मानव मस्तिष्क के आदी हो जाता है और बदलने से इंकार कर देता है। हमें अध्यापकों, छात्रों और अभिभावक समुदायों के बेहतर होने के लिए बदलाव का स्वागत करने की आवश्यकता है।

मौलिकता (किसी नई चीज़ की कल्पना करना):

जो कुछ उपलब्ध है उससे परे कुछ सोचना और करना ही मौलिकता है।

विचारों और नए कार्यों में ताजगी लाना।

यह कुछ ऐसा है जो संरचना में कच्चा है जिस पर काम करने की जरूरत है।

व्यक्तिगत विचार, टीम वर्क या विचार-मंथन का परिणाम।

मौलिकता क्या है? सरल शब्दों में यह नवीनता, विशिष्टता या आविष्कारशीलता या सृजनात्मकता है। अध्यापकों को अपनी शिक्षा प्रक्रिया में इस गुण का उपयोग करने की आवश्यकता है। यह अध्यापकों के साथ-साथ छात्रों के लिए भी एक नया दृष्टिकोण लाता है। इसका असल में मतलब है किसी नई चीज़ की कल्पना करना। यह जो कुछ भी उपलब्ध है उससे परे कुछ सोचना और करना है। शिक्षा विधियों या साधनों में नए विचार और नवोन्मेषी कार्य सामने आने चाहिए। यह सुनिश्चित करता है कि अध्यापकों की सृजनात्मकता बच्चों को मौलिक विचारों से प्रेरित करेगी। इसे एक अनूठी तकनीक में बदलने के लिए एक कच्चे विचार पर काम किया गया है, जिसे शिक्षा के एक परिष्कृत साधन या पद्धति में बदल दिया जाये तो वो बच्चों को पसंद आएगा और उन्हें सीखने के लिए प्रेरित करेगा। शिक्षा क्षेत्र के व्यक्तियों द्वारा ऐसा बहुत कम किया जाता है। हालाँकि यह एक व्यक्तिगत विचार का परिणाम है, टीम वर्क और विचार-मंथन निश्चित रूप से इसे शिक्षा का एक शानदार तरीका बनाने में अद्भुत काम करेंगे।

विस्तार (अन्य विचारों के उपर)-

किसी विचार या मौलिक कार्य को कई प्रकार से विस्तृत किया जा सकता है।

एक विचार का निर्माण अन्य विचारों से किया जा सकता है।

एक विचार दूसरों को शामिल करके विकसित किया जा सकता है।

व्याख्या, विस्तार एवं प्रवर्धन द्वारा नयी संकल्पना की व्यापक एवं विस्तृत श्रृंखला का निर्माण किया जा सकता है।

सृजनात्मकता में एक सरल लेकिन मौलिक विचार को अन्य विचारों के साथ जोड़ा जा सकता है। इस विचार के इर्द-गिर्द अन्य अवधारणाएँ बुनी जा सकती हैं। इसे विभिन्न दिशाओं में विस्तृत किया जा सकता है। इन विचारों को विकसित करने के लिए अधिक प्रासंगिक स्पष्टीकरण दिए जा सकते हैं। व्यापक स्पेक्ट्रम सहित एक टीम में काम करते समय इस सृजनात्मक विचार का निर्माण करना बहुत मजेदार होगा। विचार का विकास करते हुए व्यापक क्षेत्र को कवर किया जा सकता है, इसे एक से अधिक तरीकों से विस्तारित करके बड़े पैमाने पर काम किया जा सकता है। विचार के लिए स्पष्टीकरण दिया जा सकता है। विभिन्न दिशाओं में विचार का विस्तार विचार के आगे के विकास के लिए अधिक डिजाइन, योजना या योजनाओं को सामने लाएगा। विभिन्न नवीन तरीकों को लागू करके सृजनात्मक विचार को असीमित तरीकों से बढ़ाया जा सकता है।

निष्कर्ष

इस ब्रह्मांड में विकास का प्रत्येक बिंदु और प्रत्येक चरण विविध और असंख्य क्रमपरिवर्तन और संयोजनों का परिणाम है।

हमें व्यक्तिगत, सामाजिक, राष्ट्रीय स्तर पर सीखने और सिखाने में सृजनात्मकता लाने के लिए खुद को आगे बढ़ाने की जरूरत है।

इसलिए समय की मांग है कि व्यक्तिगत, सामाजिक या राष्ट्रीय सभी स्तरों पर सीखने और सिखाने में सृजनात्मकता को बढ़ावा दिया जाए।

जैसे - निम्नलिखित एक पाठ योजना हो सकती है जिसमें सृजनात्मकता और नवीनता शामिल हो।

"जानवरों और पक्षियों के प्रति करुणा" पर एक निबंध "जानवरों, पक्षियों और प्रकृति के प्रति एक परिष्कृत और दयालु दृष्टिकोण"

क्या?

परिचय

करुणा क्या है?

पशु-पक्षियों और प्रकृति के प्रति करुणा क्या है?

क्यों?

हमें उनके बारे में चिंतित क्यों होना चाहिए?

वे हम पर कैसे प्रभाव डालते हैं?

धरती उनकी भी है।

उनके बिना हम प्रकृति की श्रृंखला से वंचित रह जाते हैं।

प्रकृति में केवल मनुष्य और पौधे ही नहीं बल्कि पशु-पक्षी भी शामिल हैं।

इसलिए पेड़-पौधों और जीव-जंतुओं के साथ-साथ हमारे पर्यावरण की सुरक्षा भी उतनी ही जरूरी है।

कैसे?

पर्यावरण के प्रति सहानुभूति।

पक्षियों और जानवरों के साथ वैसा ही व्यवहार करें जैसा हम अपने साथ करते हैं।

उनके प्रति क्रूर नहीं होना चाहिए।

दयावान व्यवहार करें।

प्रयोगों के लिए पशु-पक्षियों के प्रयोग पर प्रतिबंध लगाया जाना चाहिए।

औषधीय प्रयोजन के लिए इनके प्रयोग पर प्रतिबंध लगाया जाना चाहिए।

मनोरंजन और सर्कस के लिए इनका उपयोग करने पर कानून बनाकर रोक लगाई जानी चाहिए, यदि ऐसा किया जाए तो कानूनी तौर पर और भारी जुर्माना लगाया जाना चाहिए।

वीगन यानी शाकाहारी बनने से खाने के लिए जानवरों और पक्षियों को नहीं मारना पड़ेगा।

निष्कर्ष

उन्हें करुणा के साथ बचाने के यह सारे या इन जैसा कोई भी रास्ता लोगों के बीच सिखाया, फैलाया और समझाया जाना चाहिए और गंभीरता से लागू किया जाना चाहिए।

यह सृजनात्मकता का विषय हो सकता है। इन पर क्लास में चर्चा एवं वाद-विवाद करें (अधिक अंक जोड़े जा सकते हैं) ।

उन्हें गहराई तक उतरते हुए इन बिंदुओं को आत्मसात करने की सीमा तक जाने दें और उचित शब्दावली के साथ व्यवस्थित और अच्छी हिंदी में रचना लिखने दें। प्रासंगिक शब्दों और अभिव्यक्तियों से उनका समर्थन करें।

छात्रों को क्या, क्यों और कैसे से संबंधित कुछ बिंदुओं पर एक प्रश्नावली बनाने में मदद करें। उन्हें इस प्रश्नावली को परिवार के सदस्यों, दोस्तों, शिक्षकों और किसी भी व्यक्ति के पास ले जाने दें जो प्रश्नावली में योगदान दे सकता है।

अब इन उत्तरों की सामग्री को व्यवस्थित करें जिससे निबंध की सामग्री बनाने में मदद मिलेगी।

अब सामग्री को व्यवस्थित करें और शिक्षक के दिशानिर्देशों के अनुसार लिखें।

यह शिक्षक द्वारा एक प्रकार की सृजनात्मकता का प्रयोग होगा।

मूल्यों पर आधारित शिक्षा

मूल्य आधारित शिक्षा, हमें अपने बच्चों को इस दुनिया में एक बेहतर स्थान प्रदान करने की माँग करती है। और हम अध्यापक होने के नाते इस जिम्मेदारी से बंधे हुए हैं।

जब तक हम अध्यापक उपरोक्त बातों पर विश्वास करते रहेंगे और नैतिक मूल्यों का पालन करते रहेंगे तब तक हमारे बच्चों के नैतिक मूल्यों की कोई कमी नहीं होगी। एक बार जब हम शिक्षक के रूप में उनका अनुसरण करते हैं, तो यह स्वचालित रूप से उन बच्चों में शामिल हो जाता है जिनके साथ हम संपर्क में आते हैं।

मूल्य आधारित शिक्षा का क्या अर्थ है?

मूल्य आधारित शिक्षा यह सुनिश्चित करना है कि बच्चे जीवन के मूल्यों को समझें और अपने सामाजिक वातावरण में सकारात्मक माहौल लाने के लिए वह मूल्य अपने जीवन में लागू करें। और इसके साथ ही पूरे समाज को नैतिक रूप से दृढ़ करना और अनावश्यक अशांति से बचना जो समाज को नुकसान पहुँचा सकती है। मूल्य आधारित शिक्षा, समाज में व्यक्तियों के मानसिक, मनोवैज्ञानिक और भावनात्मक स्वास्थ्य के लिए सकारात्मक और स्वस्थ आदतें विकसित करती है। यह मूल्य बच्चों में छोटी उम्र से ही विकसित करने की आवश्यकता है।

मूल्य किसी भी सामाजिक एवं पारिवारिक जीवन का अनिवार्य अंग हैं। एक मूल्य आधारित समाज संगठित और व्यवस्थित रूप से हमारे जीवन का एक हिस्सा है। मूल्यों के बिना समाज में अराजकता फैल जायेगी। समाज में जीवन के हर स्तर पर मूल्य होते हैं। व्यक्तिगत मूल्य, सामाजिक मूल्य, समूह मूल्य

आदि। परिवार, समाज, स्कूल, शिक्षा संस्थानों, व्यवसाय और औद्योगिक संगठनों आदि के सुचारू कामकाज के लिए मूल्य आवश्यक हैं।

इसलिए बच्चों में कम उम्र से ही यह आदत ड़ालना जरूरी है। यहीं पर मूल्य-आधारित शिक्षा स्कूलों जैसे शैक्षणिक संस्थानों में एक महत्वपूर्ण स्थान रखती है।

एक युवा मन विचारों और कृत्यों से आसानी से प्रभावित होता है। बचपन में मूल्यों को अपना लेना आसान और जीवन भर चलनेवाला होता है।

कुछ मूल्य जो उल्लेखनीय हैं:

ईमानदारी

दयालुता

सहानुभूति

समानुभूति

बड़ों का सम्मान करना

विनम्रता

परवाह करना

मिल बाँट कर रहना

यह क्यों आवश्यक है?

प्राथमिक स्तर से स्कूलों में नैतिक मूल्यों की शिक्षा जरूरी है। नैतिक मूल्यों को सीख कर एक व्यक्ति संपूर्ण बन जाता है। इसलिए इसे स्कूली स्तर पर पढ़ाए जाने की जरूरत है ताकि वे जीवन के शुरुआती चरण में ही इसकी गहरी जड़ें बना सकें। मूल्य उसे एक जिम्मेदार व्यक्ति बनाते हैं जो दूसरों को समझता है और उनकी परवाह करता है। चाहे वो इन्सान हो, जानवर हो या फिर पौधे, संपूर्ण प्रकृति और संपूर्ण ब्रह्मांड ही क्यों न हो, वह अपने आस-पास की हर चीज़ का सम्मान करता है और हर एक रचना के प्रति सहानुभूति रखता है।

मूल्य आधारित शिक्षा सीधे तौर पर मूल्यों को पढ़ाने से संबंधित है। यह काम प्रत्यक्ष या अप्रत्यक्ष रूप से किया जा सकता है जो आजीवन बच्चों के व्यक्तित्व में समाहित हो जाता है। इससे न केवल समाज और देश बल्कि पूरी मानवता की भलाई में योगदान मिलता है।

यह मूल्यों को अगली पीढ़ी तक संचारित करने के अचूक तरीकों में से एक है।

मूल्यों की कमी एक आवश्यक घटक है जो समाज की बुराइयों जैसे भ्रष्टाचार, महिलाओं का अनादर और दुर्व्यवहार, असामाजिक व्यवहार में वृद्धि आदि में योगदान देता है। मूल्य आधारित शिक्षा छात्र और अध्यापक के बीच मजबूत संबंध बनाती है और यह संबंध आजीवन बने रहते हैं।

आज की जरूरत है कि स्कूलों में नैतिक मूल्यों को पाठ्यक्रम का हिस्सा बनाया जाए।

बच्चों के व्यवहार में बिना शर्त प्यार और दया, ईमानदारी, कड़ी मेहनत, दूसरों के प्रति सम्मान, सहयोग, करुणा और क्षमा जैसे कुछ मूल्यों को उजागर करने की आवश्यकता है।

यह देखकर दुख होता है कि आज स्कूलों में मूल्य और उनकी शिक्षा नाममात्र ही दिखाई देती है। इसलिए हम समाज में बहुत अधिक हिंसा, बेईमानी और बुरे प्रभाव पाते हैं और यह दिन-प्रतिदिन बढ़ता ही जा रहा है। इसके अलावा युवा वर्ग समाज में इन नकारात्मकताओं में आसानी से फंस रहा है और बड़े पैमाने पर समाज और राष्ट्र प्रदूषित हो रहा है। युवाओं का आधार इतना कमज़ोर हो गया है कि वे सड़कों पर उतर आए हैं और हिंसा का प्रदर्शन कर रहे हैं, जो अवांछित है। इसका कारण नैतिक मूल्यों की कमी है। यह स्कूलों, शिक्षकों, बुजुर्गों और परिवारों का कर्तव्य है कि वे युवाओं के व्यक्तित्व में निहित मूल्यों का ध्यान रखें जो लंबे समय में पूरे देश के माहौल को बदलने की क्षमता रखते हैं। हम अध्यापक के रूप में नैतिक मूल्य सिखाने के लिए राष्ट्र की भलाई के लिए अनिवार्य रूप से जिम्मेदार हैं।

यह कैसे संभव हो पाएगा?

कहानी सुनाना

पंचतंत्र कहानियाँ (भारत के मूल्यों के बारे में एक व्यापक सीख)

ऑडियो विज़ुअल

दादी माँ की कहानियाँ (संदेशों के साथ चुनिंदा मजेदार कहानियाँ)

सामाजिक मंचों पर सत्संग (सामाजिक मूल्य)

परिवार से

स्कूल में सिखाए गए मूल्य

संयुक्त परिवारों में रहने के हमारे प्राचीन तरीकों में दादी माँ की कहानियाँ नाम की एक चीज़ होती थी जो आज के समाज में गायब है। ये कहानियाँ परिवार में बच्चों को बड़े ही रोचक ढंग से सुनाई जाती थीं। चूँकि कम उम्र में बच्चे का दिमाग बहुत प्रभावशाली होता है, इसलिए इन मूल्य आधारित कहानियों का बच्चों पर स्थायी प्रभाव पड़ता है। एकल परिवारों के पनपने के कारण हमारे समाज ने सदियों पुरानी यह प्रथा खो दी है। हमें अपने बच्चों, अपने और समग्र समाज के हित में इसे पुनर्जीवित करने की आवश्यकता है।

पंचतंत्र की कहानियाँ हमारी सभ्यता का प्राचीन साहित्य है जो जानवरों और पौधों और उनके व्यवहार पर आधारित है, जिसे परिवारों में बच्चों के बीच साझा किया जाता है। वे सार्वभौमिक हैं और आज भी उनका उपयोग किया जा सकता है जो कि पश्चिमी शिक्षा प्रणाली में शायद ही कभी शामिल किया जाता है। इस पर बहुत गंभीरता से विचार करना होगा। इसे सभी शिक्षा प्रणालियों जैसे आईसीएसई, सीबीएसई, राज्य बोर्ड आदि के पाठ्यक्रम में शामिल करने का प्रयास किया जाना चाहिए। तभी सामाजिक वातावरण में सकारात्मकता आएगी।

प्राचीन काल में तंत्रज्ञान की कमी के कारण ऐसे मूल्यों की शिक्षा पर कोई प्रभाव नहीं पड़ता था। कठपुतली शो बच्चों को किसी भी हाई-टेक गैजेट की तरह ही प्रभावी ढंग से प्रभावित करते थे। त्योहारों और मेलों के दौरान गांवों में महाभारत और रामायण के नाटक दर्शकों के रूप में देखने के लिए आकर्षण

का स्थान होते थे, जो निश्चित रूप से समाज में सकारात्मक संदेश फैलाते थे। आज हमारे पास रचनात्मक, सकारात्मक और उत्साहवर्धक संदेश फैलाने के लिए नाटक, फिल्में, गाने, ऑडियो विज़ुअल हैं। इन सभी का उपयोग स्कूलों में बच्चों या छात्रों तक पहुंचने के लिए किया जा सकता है जो बड़े पैमाने पर समाज में मूल्य आधारित व्यवस्था विकसित करने के लिए बच्चों की मानसिक क्षमताओं का विस्तार करेगा।

समाज में सत्संग, दादी माँ की कहानियाँ, पीढ़ियों से चले आ रहे परिवार के मूल्य, एकल परिवारों में मूल्यों का सम्मान और पहचान, स्कूलों में पढ़ाए जानेवाले आवश्यक मूल्य, सामाजिक मूल्यों को स्थायी रूप से बनाए रखने में बहुत मदद करते हैं।

अतः हिंसा, भ्रष्टाचार, समाज के हर स्तर पर महिलाओं के साथ दुर्व्यवहार, बड़ों का अनादर, वृद्धाश्रमों का उभरना समाज की कुछ नकारात्मकताएँ हैं जिन्हें कम करने की आवश्यकता है। इन खामियों की दवा के रूप में मूल्य आधारित शिक्षा सभी स्कूल स्तरों पर आज की आवश्यकता है।

इन सबका एकमात्र समाधान स्कूलों में मूल्य आधारित शिक्षण है। यह न केवल समाज में छात्रों के बीच व्यवहार को प्रभावित करता है, बल्कि पृथ्वी को एक घर मानता है, ये मूल्य, पौधे और पशु साम्राज्य के प्रति उनके दृष्टिकोण को विस्तारित करता है। हमारा प्राचीन ज्ञान हमें धरती माता, सभी जीवित और निर्जीव चीजों और बड़े पैमाने पर ब्रह्मांड का सम्मान करना, उनके प्रति सहानुभूतिपूर्ण और विचारशील होना सिखाता है। इस सृष्टि में बाकी सभी चीज़ों के विस्तृत स्वरुप में हम एक इकाई हैं|

समय की माँग यह है कि स्कूल से निकलनेवाले बच्चों को नैतिक मूल्यों और राष्ट्रीयता की भावनाओं से ओत-प्रोत किया जाए। अन्यथा शिक्षा का पूरा उद्देश्य ही निरर्थक है।

खंड IV

प्रभाव मापना

गृहपाठ

गृहपाठ क्या है?

गृहपाठ से तात्पर्य छात्रों को सौंपे गए कार्यों से है

जो उनके शिक्षकों द्वारा दिया जाता है

जो कक्षा के बाहर किया जाता है

उद्देश्य:

ज्ञान बढ़ाने के लिए

क्षमताओं में सुधार के लिए

छात्रों के कौशल को बढ़ाने के लिए।

गृहपाठ छात्रों को कक्षा के बाहर करने के लिए सौंपा गया कार्य है। जैसा कि नाम से ही पता चलता है, यह घर पर किया जाने वाला अभ्यास है। कक्षा में पूर्ण किए गए पाठ के आधार पर शिक्षकों द्वारा गृहपाठ दिया जाता है। शायद यह सिर्फ यह जानने के लिए है कि बच्चे ने उस विषय को कितना आत्मसात किया है या उसे कितना आकलन हुआ है। इसका उद्देश्य उस विषय या अवधारणा के बारे में बच्चों का ज्ञान बढ़ाना है जिस पर कक्षा में चर्चा की गई है या पढ़ाया गया है। इससे बच्चे की क्षमताओं में भी वृद्धि और सुधार होता है। होमवर्क करने के लिए बच्चा स्वयं काम करता है या घर में बड़ों की मदद से उसे पूरा करता है। यह बदले में छात्रों के कौशल को विकसित, संवर्धित और बेहतर बनाता है।

आज की दुनिया में गृहपाठ को लेकर अलग-अलग और विपरीत विचार और राय हैं। एक है प्रो-होमवर्क और दूसरा है एंटी-होमवर्क। आइए प्रत्येक पर चर्चा करें। आइए प्रो-होमवर्क से शुरुआत करें।

गृहपाठ समर्थक

यह बहुत जरूरी है।

यह सुदृढीकरण में मदद करता है।

सुदृढीकरण या दोहराव से याददाश्त मजबूत होती है।

बच्चा घर में व्यस्त रहता है।

बच्चे को होमवर्क पूरा करने दें और फिर उसे पुरस्कृत करें।

गृहपाठ हो भी गया?

इसका मतलब है कि गृहपाठ इतना जरूरी है कि उसे सबसे पहले खत्म किया जाना चाहिए।

आज के शिक्षाशास्त्री गृहपाठ पर दो दृष्टिकोण रखते हैं। पारंपरिक विचारोंवाले शिक्षकों का एक समूह गृहपाठ समर्थक है। वे नियमित शिक्षा के एक भाग के रूप में छात्रों को गृहपाठ देने में विश्वास करते हैं। इनका मानना है कि गृहपाठ बहुत आवश्यक है क्योंकि यह सुदृढीकरण द्वारा सीखने में मदद करता है। सुदृढीकरण या दोहराव से स्मृति बढ़ती है और यह उन घटकों में से एक है, जो आवश्यक रूप से स्मृति के विकास में मदद करता है। बच्चे को घर में व्यस्त रखा जाता है। गृहपाठ पूरा करने पर ज़ोर दिया जाता है और फिर उसे पुरस्कृत किया जाता है।

गृहपाठ विरोधी

बच्चों पर बोझ नहीं डालना चाहिए।

उन्हें घर पर खाली समय देना चाहिए।

इसकी जगह सृजनात्मकता, खेल और मुक्त बातचीत होनी चाहिए।

बच्चों को अन्य तरीकों से सीखने में सकारात्मक रूप से समय व्यतीत करना चाहिए।

एक अन्य विचारधारा भी गृहपाठ विरोधी है। विचार यह है कि बच्चों पर बोझ न डाला जाए। सीखना बिना किसी बोझ या तनाव के स्वाभाविक रूप से होना चाहिए। मुक्त मन ही, सीखने के लिये पोषक भूमि समान होता है। घर पर उनके समय का उपयोग लगातार गृहपाठ के लिए नहीं किया जाना चाहिए। उन्हें जीवन के अन्य पहलुओं का पता लगाने के लिए घर पर खाली समय दिया जाना चाहिए। इसलिए सृजनात्मकता, खेल और मुक्त बातचीत को स्थान देना चाहिए। जो भी सीखना हो, वह स्कूल में होना चाहिए। घर पर बच्चों को गृहपाठ के अलावा अन्य कामों में भी समय बिताना चाहिए। समय को आवश्यक रूप से अन्य तरीकों से सकारात्मक रूप से व्यतीत करना चाहिए। इस तरह बच्चे जो चाहते हैं वह ख़ुशी से सीखते हैं और जिस चीज़ में उनकी रुचि है उसे अपना सकते हैं। इसके माध्यम से सीखना स्वतंत्र रूप से, खुशी से होता है और सफलतापूर्वक सीखने का एक निश्चित मौका है।

गृहपाठ समर्थक:

गृहपाठ उनके बच्चों की शिक्षा से जुड़े रहने का एक तरीका है।

यह माता-पिता को "पीछे लगने वाला, रिश्वत देने वाला और कार्यपालन करने वाला" बनाता है।

रात में दो से चार घंटे का गृहपाठ

साथ ही सप्ताहांत और छुट्टियों में प्रोजेक्ट्स।

वह अभिभूत था और कार्य पूरा करने के लिए उसे संघर्ष करना पड़ रहा था।

"माता-पिता को यह अजीब लगता है जब उनके बच्चों को पर्याप्त मात्रा में गृहपाठ नहीं दिया जाता है।"

"गृहपाठ की अवधारणा" इतनी गहरी हो गई है।

गृहपाठ के प्रति प्रतिबद्धता दृढ़ता से मौजूद है।

गृहपाठ समर्थक विचार लोगों को संतुष्ट करता है क्योंकि उनका मानना है कि गृहपाठ छात्रों और अध्यापक को जोड़ता है। यह माता-पिता को परेशान करता है क्योंकि वे लगातार गृहपाठ के पीछे लगे रहते हैं। कुछ माता-पिता रिश्वत देनेवाले होते हैं जो बच्चों को काम पूरा करने के लिए प्रेरित करते हैं। कुछ माता-पिता तो टास्क मास्टर भी होते हैं, जो पढ़ाने का एक नकारात्मक तरीका है। लेकिन सच तो यह है कि ठीक से सीखना नहीं होता। रात में दो से चार घंटे का गृहपाठ वास्तव में बच्चों के लिए बहुत अधिक है। इसके अलावा, सप्ताहांत और छुट्टियों में मिले प्रोजेक्ट्स मूड खराब कर देते हैं और और जिस अप्रत्यक्ष रूप से सीखने के उद्देश्य से दिए जाते हैं, वह पूरा नहीं होता, जिससे बच्चे का मानसिक विकास रुक जाता है। इसका कारण यह है कि बच्चे घबरा जाते हैं और कार्य पूरा करने में संघर्ष करते हैं। गृहपाठ की अवधारणा स्कूल में सीखने के हमारे विचार में इतनी अंतर्निहित है कि हम गृहपाठ के बिना स्कूल के बारे में सोच भी नहीं सकते। गृहपाठ के प्रति प्रतिबद्धता इतनी दृढ़ता से मौजूद है कि उसका पारंपरिक विचार ही एकमात्र ऐसी चीज है जिसके बारे में माता-पिता और शिक्षक स्कूल में आश्वस्त होते हैं।

गृहपाठ विरोधक:

प्राचार्य ने गृहपाठ से छुटकारा दिला दिया।

शिक्षकों द्वारा बच्चों को गणित स्वाध्याय और स्पेलिंग फ़्लैश कार्ड के साथ घर भेजने के बजाय,

छात्र घर जाकर हर दिन 30 मिनट या उससे अधिक के लिए, यदि उनके पास समय या रुचि हो,

माता-पिता के साथ या अकेले पढ़ेंगे।

रटे-रटाए गृहपाठ अभ्यास में रात-दिन नहीं बिताएंगे।

“यांत्रिक गृहपाठ” बचपन में घबराहट और आंखों पर तनाव जैसी स्थितियों को जन्म देता है।

गृहपाठ पारिवारिक जीवन में घुसपैठ है।

कैलिफ़ोर्निया जैसे राज्यों ने एक निश्चित आयु से कम उम्र के छात्रों के लिए गृहपाठ को समाप्त करने वाला कानून पारित किया।

छात्र तनावग्रस्त रहते हैं और पारिवारिक जीवन से वंचित रह जाते हैं।

स्कूल का काम करने में पहले से ही दिन के 6 से 9 घंटे खर्च हो जाते हैं।

माता-पिता और बच्चों के बीच खींचतान पैदा होती है।

गृहपाठ विरोधी अवधारणा के परिणामस्वरूप प्रधानाचार्य द्वारा गृहपाठ रद्द कर दिया जाता है। सभी शिक्षक स्टाफ के लिए कितनी राहत है!! लेकिन हमें यह पता लगाना होगा कि यह व्यावहारिक रूप से कितनी मदद करता है या नहीं करता है। यहाँ कोई स्वाध्याय या स्पेलिंग फ्लैश कार्ड नहीं है, कोई विज्ञान वर्कशीट नहीं है या कोई वस्तुनिष्ठ प्रश्नावली नहीं है। इसके बजाय बच्चों को घर जाकर पाठ या अवधारणा को समझने के लिए कक्षा अध्यापन और चर्चाओं को याद करके स्वयं पढ़ना होगा और सीखना होगा। इससे बच्चे को इसमें शामिल होने और सीखने की कोशिश करने की प्रेरणा मिलती है। सवाल यह है कि कितने लोग ऐसा कर सकते हैं? कितने लोग घर पर बिना किसी मदद के सीख पाते हैं? इससे यह सवाल उठता है कि जब माता-पिता दोनों काम पर जाते हैं तो क्या घर पर मदद के लिए कोई है? या फिर बच्चे को ट्यूशन टीचर्स पर निर्भर रहना पड़ता है। तब इस अवधारणा की सारी कवायद निरर्थक हो जाएगी। लेकिन यह रात-रात भर गृहपाठ करने, रटे-रटाए अभ्यास को हतोत्साहित करता है। ये निरंतर यांत्रिक अभ्यास न केवल किसी की आँखों पर दबाव डालेंगे बल्कि तंत्रिका संबंधी स्थितियों को भी प्रभावित करेंगे। कई लोगों को लगेगा कि बच्चों का गृहपाठ पारिवारिक जीवन में घुसपैठ है। इससे परिवार पर लगातार तनाव और घबराहट की स्थिति बनी रहती थी, जिसके परिणामस्वरूप आंखों में तनाव सहित स्वास्थ्य संबंधी समस्याएं होती थीं। अमेरिका में, कैलिफ़ोर्निया जैसे राज्यों ने कुछ निश्चित आयु शर्तों के तहत गृहपाठ को प्रतिबंधित करने वाले कानून पारित किए हैं। अवधारणा के अनुसार, छात्र इतने तनावग्रस्त होते हैं कि वह पारिवारिक जीवन नहीं जी पाते।

पहले से ही वे स्कूलों में 6 से 9 घंटे बिताते हैं और इसे घर तक भी बढ़ाना की तरफ से की गयी ज़्यादती है।

इससे मनमुटाव, एक प्रकार की खींचतान, माता-पिता के साथ ख़राब रिश्ते पैदा होते हैं जो हर तरफ से अनचाहे हैं।

गृहपाठ क्यों:

हर कोई इस बात से सहमत नहीं है कि गृहपाठ एक बूरी चीज़ है।

इससे उन्हें कुछ कौशल विकसित करने में मदद मिल रही है।

यह स्वतंत्रता और जिम्मेदारी जैसे सकारात्मक चरित्र गुणों को बढ़ावा दे सकता है।

गृहपाठ बच्चों को समय का प्रबंधन करना सिखा सकता है।

प्रतिस्पर्धा में आत्मविश्वास पैदा करता है।

निचली कक्षाओं में आप उन्हें थकाकर पार करा देंगे।

गृहपाठ प्रासंगिक होना चाहिए।

अपने शैक्षणिक भविष्य पर नियंत्रण रखने के लिए कड़ी मेहनत की आवश्यकता होती है और गृहपाठ इसका एक हिस्सा है।''

इसलिए यह बहुत स्पष्ट रूप से समझने योग्य है कि हर कोई इस बात से सहमत नहीं है कि गृहपाठ एक बूरा अभ्यास है। कई लोगों के अनुसार, यह उन्हें कौशल विकसित करने में मदद कर रहा है, स्कूलों में उन्हें जो सिखाया गया है उसे सुदृढ़ करने और समझने का एक साधन या तरीका है।

बच्चों में स्वतंत्रता और जिम्मेदारी के चारित्रिक गुणों को बढ़ावा दिया जाता है, जिससे उनके व्यक्तित्व का विकास होता है। फिर, समय प्रबंधन बच्चों के सीखने का एक हिस्सा है जो जीवन के शुरुआती चरण में ही अंतर्निहित हो जाता है। बुजुर्गों या साथियों की मदद होने के बावजूद भी, दिए गए कार्य को पूरा करने से आत्मविश्वास बढ़ता है और प्रतिस्पर्धा के लिए मानसिक रूप से छात्र तैयार होता है। होमवर्क जो सुदृढ़ीकरण के रूप में काम करता है, बच्चे

की याददाश्त और धारण शक्ति का विकास करेगा। गृह कार्य प्रासंगिक होना चाहिए जो आम तौर पर गणना, नाप और स्तर के अनुसार हो ताकि बच्चे को थकान से बचाया जा सके। बच्चों के शैक्षणिक भविष्य के लिए कड़ी मेहनत की आवश्यकता होती है और गृहपाठ इसका एक हिस्सा है। यह उनके शैक्षणिक भविष्य को नियंत्रित करने में मदद करता है।

इसे कैसे लिया जाना चाहिए?:

इसका निर्धारण स्तर के अनुसार किया जाना चाहिए।

कितना काम?

कितना समय है?

प्रति दिन कितने विषय?

सभी विषयों को शामिल करने के लिए एक साप्ताहिक समय सारणी बनाई जा सकती है।

प्रति दिन औसतन दो विषय।

निचले स्तर के लिए कम समय और उच्च स्तर के लिए अधिक समय।

समय सीमा मात्र 10 मिनट से लेकर डेढ़ या दो घंटे तक हो सकती है।

गृहपाठ हमेशा लेवल के हिसाब से तय करना चाहिए। कक्षा शिक्षण और पाठ्यक्रम के लिए मापा हुआ, उपयुक्त, उचित और प्रासंगिक गृहपाठ दिया जाना चाहिए।

बच्चे पहले से ही 6 से 9 घंटे स्कूलों में बिताते हैं। इसके आधार पर बच्चे के स्तर के साथ-साथ होमवर्क के लिए आवश्यक समय भी तय करना होगा। याद रखें कि छात्र कई विषयों से निपट रहे हैं। हर विषय में गृहपाठ दिया जाता है। प्रतिदिन अलग-अलग स्तरों के लिए विषय तय करने की आवश्यकता होती है, जिसे स्कूल के समन्वयकों द्वारा कार्य के लिए संबंधित व्यक्ति, उप-प्राचार्य या प्राचार्य के समन्वय से तय किया जाएगा। आदर्श कदम सभी विषयों को शामिल करने के लिए एक साप्ताहिक समय सारणी बनाना हो सकता है, जिसमें

प्रति दिन कम से कम दो विषय हों। बच्चों के स्तर को ध्यान में रखते हुए समय का निर्धारण करना चाहिए। निचले स्तरों के लिए कम समय और उच्च स्तरों के लिए अधिक समय का निर्णय लिया जा सकता है। मॉडल के रूप में चुनी गयी समय की सीमा 10 मिनट से 1.30 से 2.00 घंटे तक होगी।

गृहपाठ 'मैं करता हूँ, मैं सीखता हूँ' पर आधारित होना चाहिए न कि रटने पर। यह बच्चों को करना चाहिए न कि माता-पिता या किसी बुज़ुर्ग को। यह कैसे संभव है कि विद्यार्थी केवल आनंदपूर्वक गृहपाठ करें? इसकी एक ही कुंजी है। और वह यह है कि इसे पूरी तरह से करने में मज़ा आना चाहिए। यदि यह मनोरंजक है, तो बच्चे प्रेरित हो जाते हैं और इसे स्वयं करते हैं, संभवतः जहाँ भी वे फंसते हैं, वहाँ कुछ सहायता माँगते हैं। गृहपाठ ऐसा होना चाहिए जो भाषा, गणित, विज्ञान, सौंदर्यशास्त्र, नैतिकता, रचनात्मकता आदि के माध्यम से बच्चे के व्यक्तित्व के समग्र विकास में योगदान दे।

विचारार्थ कुछ मुद्दे:

हमें अपना दिमाग सभी संभावनाओं के लिए खुला रखना होगा। इससे हमें व्यापक सोच रखनेवाला और समावेशी बनने में मदद मिलेगी। किसी भी उचित, तर्कसंगत और बुद्धिमान राय पर विचार किया जाना चाहिए। हम अपनी बुद्धि के माध्यम से जो कुछ भी लागू करते हैं वह बच्चों के समझने और लागू करने के लिए सरल और व्यावहारिक होना चाहिए। गृहपाठ विशाल, प्रेरणा कुचलने वाला और विनाशकारी नहीं होना चाहिए। शिक्षक के रूप में हमें अनुचित गृहपाठ देने में भावुक और अति उत्साहित नहीं होना चाहिए। यह सम, निष्पक्ष और संतुलित होना चाहिए। अंततः उससे बच्चों के ज्ञान, समझ और अनुप्रयोग कौशल में वृद्धि होनी चाहिए।

परीक्षण और परीक्षाएँ

परीक्षण क्या है?

परीक्षाएँ क्या होती हैं?

परीक्षण क्यों किया जाता है?

परीक्षाएँ क्यों आयोजित की जाती हैं?

परीक्षण कैसे किया जाता है?

परीक्षाएँ कैसे आयोजित की जाती हैं?

परीक्षण, हमारे छात्रों के ज्ञान के स्तर को मापने और हमारे छात्रों की शिक्षा में सुधार के उद्देश्य से शिक्षण सामग्री को तदनुसार समायोजित करने का एक उपकरण है। परीक्षा अधिक औपचारिक होती है और इससे यह पता लगाने में मदद मिलती है कि कोई छात्र किसी कक्षा या पाठ्यक्रम में उत्तीर्ण हुआ है या अनुत्तीर्ण। यह यह तय करने का भी मानदंड है कि उसे पाठ्यक्रम या कक्षा फिर से दोहराने की आवश्यकता है या नहीं।

आलोचकों ने नियमित परीक्षा और कक्षा परीक्षण की निंदा करते हुए कहा है कि यह 'परीक्षण के लिए शिक्षा' को प्रोत्साहित करता है जो सतही, रटनेवाली शिक्षा की ओर ले जाता है। लेकिन इस बात के बढ़ते सबूत हैं कि परीक्षाएँ लेने से वास्तव में याददाश्त में सुधार हो सकता है, और छात्रों को मौजूदा ज्ञान को नए संदर्भों और स्थितियों में लागू करने में मदद मिल सकती है।

मुख्य प्रकार की परीक्षाएँ जिन्हें आप को पूरा करना होगा वे हैं:

निबंध परीक्षा

बहुविकल्पीय परीक्षा।

ओपन-बुक और टेक-होम परीक्षा।

समस्या या केस-आधारित परीक्षाएँ।

मौखिक परीक्षा।

परीक्षण क्या हैं?

मूल्यांकन एक ऐसी प्रक्रिया है जिसके द्वारा किसी ज्ञात उद्देश्य या लक्ष्य की सापेक्ष जानकारी प्राप्त की जाती है। मूल्यांकन एक व्यापक शब्द है जिसमें परीक्षण भी शामिल है। परीक्षण मूल्यांकन का एक विशेष रूप है। दूसरे शब्दों में, सभी परीक्षण मूल्यांकन होते हैं, लेकिन सभी मूल्यांकन परीक्षण नहीं होते हैं। इसलिए, परीक्षण एक छोटा मूल्यांकन होता है।

प्रश्नोत्तरी और परीक्षाएँ, लघु प्रकार और दीर्घ प्रकार की परीक्षाएँ जिनका शिक्षक नियमित रूप से छात्रों के ज्ञान की जाँच करने के लिए उपयोग करते हैं, सब से आम और बार-बार होने वाली परीक्षाएँ हैं जो आपका बच्चा स्कूल में देता है। कक्षा परीक्षणों के अलावा, आप का बच्चा एक या अधिक मानकीकृत उपलब्धि परीक्षण ले सकता है जो स्कूलों को प्रत्येक वर्ष देना आवश्यक होता है।

मूल्यांकन इस बात से किया जाता है कि बच्चे ने कितना ग्रहण किया है और यह उसकी स्मृति में कितने समय तक रहेगा, इसका परीक्षण किया जाना आवश्यक है। इसमें बच्चे द्वारा सीखी गई बातों को याद रखने की क्षमता सहित सभी बिंदु शामिल हैं।

इनका संचालन क्यों किया जाता है?

हम किसी पाठ या इकाई के अंत में परीक्षण करते हैं। हम परीक्षण के माध्यम से स्कूल वर्ष के अंत में प्रगति का आकलन करते हैं।

विषय के बारे में छात्र की समझ जानने के लिए परीक्षण करें।

यह जानने के लिए परीक्षण करें कि उसने कितना अवशोषित किया है।

गलतियों और गलतफहमियों का पता लगाने के लिए परीक्षण करें।

सुधार और स्पष्टीकरण लाने के लिए परीक्षण करें।

यह अनिवार्य रूप से सुधार के क्षेत्रों का निदान करने में मदद करता है।

परीक्षण का उद्देश्य छात्र के प्रदर्शन को मापना है। इस प्रकार, परीक्षण की प्रक्रिया एक छात्र की शैक्षणिक गुणवत्ता को उजागर करती है। शिक्षक छात्रों के लिए परीक्षण क्यों संचालित करते हैं, इसके कई कारण हैं।

मानकीकृत परीक्षण अच्छा होने के कई कारण हैं:

मानकीकृत परीक्षण माता-पिता और शिक्षकों के लिए मानक प्रदान कर सकता है।

मानकीकृत परीक्षण व्यक्तिगत छात्रों के साथ-साथ स्कूलों और पाठ्यक्रम में समस्या क्षेत्रों की पहचान करने में मदद कर सकते हैं। यह पाठ्यक्रम के लिए दिशानिर्देश प्रदान करता है।

परीक्षण से यह पता चलता है कि बच्चे ने कितना समझा या आत्मसात किया है। छोटे या स्लिप परीक्षण या सरप्राइज परीक्षण बहुत महत्वपूर्ण हैं क्योंकि शिक्षक यह जानकर अपने शिक्षण का मूल्यांकन करता है कि उन्हें परीक्षणों में कैसे प्रतिक्रिया मिली है ताकि वह बच्चों को पाठ या विषय को बेहतर ढंग से समझाने के लिए अधिक उचित कदम उठा सके।

ये परीक्षण शिक्षकों को छात्रों की गलतियों या गलतफहमी को जानने में मदद करते हैं। इससे उन्हें स्पष्टीकरण के साथ पाठ की अपनी समझ को सुधारने या सही करने के लिए आवश्यक तरीके अपनाने में मदद मिलती है।

इस तरह हम बच्चे के सुधार के क्षेत्रों का निदान कर सकते हैं और उनकी मदद कर सकते हैं।

परीक्षण कैसे आयोजित किये जाते हैं?

परीक्षण मौखिक और लिखित दोनों रूपों में आयोजित किए जाने चाहिए।

इसे कैसे करना है यह शिक्षक, विषय और बच्चों की ज़रूरतों पर निर्भर करता है।

1. स्लिप परीक्षण।
2. बिना बताए अचानक परीक्षण।
3. क्लास परीक्षण।
4. मासिक परीक्षण।
5. इकाई परीक्षण।

परीक्षण मौखिक या लिखित रूप में आयोजित किए जाते हैं। यह कैसे करना है इसका निर्णय शिक्षक लेता है। परीक्षणों के निम्नलिखित सामान्य तरीकों पर गौर किया जा सकता है।

स्लिप परीक्षण लघु लिखित परीक्षण हैं जो पाठ को समझने में बच्चों के प्रदर्शन का अंदाजा देते हैं।

कक्षा परीक्षण वे होते हैं जिनमें एक शिक्षक पाठ पूरा होने के बाद अनिवार्य रूप से सुधार के क्षेत्रों की पहचान करने और उन्हें सुधारने की दिशा में काम करने के लिए उनकी समझ का परीक्षण करने के लिए बच्चों का परीक्षण करता है।

मासिक परीक्षण प्रत्येक विषय के लिए एक महीने में कवर किए गए पाठ्यक्रम को कवर करते हैं। सभी छोटे परीक्षणों के बाद बच्चा मासिक परीक्षण का सामना करने की स्थिति में होता है। सभी सुधारों के बाद पाठ सीखने से बच्चे के प्रदर्शन में निखार आता है।

यूनिट टेस्ट एक तरह से द्वि-मासिक होते हैं, क्योंकि पूरा किया गया पाठ्यक्रम तुलनात्मक रूप से सीमित होता है और प्रत्येक बच्चे के बेहतर प्रदर्शन और सही मूल्यांकन के लिए उचित तैयारी की आवश्यकता होती है।

टेस्ट - प्रश्नों का प्रारूप

1. परीक्षण के लिए भाग छोटा होना चाहिए।

2. प्रश्न विषय के अनुरूप होने चाहिए।
3. विषय से परे न पूछें।
4. प्रश्न वस्तुनिष्ठ या संक्षिप्त उत्तर वाले होने चाहिए।
5. प्रश्न बनाते समय समय का ध्यान रखें।
6. प्रश्नों को उचित शब्दों जैसे वर्णन, स्पष्टीकरण, विस्तृत मूल्यांकन, विश्लेषण, आकलन, व्याख्या आदि के साथ सरल रखें।
7. बच्चे को विषय से संबंधित शब्दों से परिचित होने दें।

प्रश्न पत्रों में प्रश्नों का प्रारूप अत्यंत महत्वपूर्ण है क्योंकि कुछ बिंदुओं को ध्यान में रखना आवश्यक है। चूँकि परीक्षा केवल पूरे किये गए पाठों के लिए होती है, परीक्षण के लिए भाग छोटा होना चाहिए। प्रश्न विषय से संबंधित होने चाहिए और पढ़ाए गए विषय से परे नहीं होने चाहिए। प्रश्न या तो वस्तुनिष्ठ होने चाहिए या संक्षिप्त उत्तर से संबंधित होने चाहिए। समय कारक को ध्यान में रखना आवश्यक है। परीक्षण के लिए निश्चित किए गए समय, अपेक्षित उत्तरों के अनुरूप होना चाहिए। प्रश्नों में प्रयुक्त शब्द उचित या उपयुक्त होने चाहिए जैसे समझाना, विस्तृत करना या वर्णन करना आदि।

परीक्षाएँ क्या हैं?

संक्षेप में, हम प्रदर्शन को मापते हैं, हम सीखने का आंकलन करते हैं, और हम कुछ मानदंडों के आधार पर परिणामों का मूल्यांकन करते हैं।

मूल्यांकन का तात्पर्य आंकड़ों के संग्रह से है।

मूल्यांकन का तात्पर्य डेटा की एक मानक से तुलना से है।

हम परीक्षाओं के माध्यम से मूल्यांकन करते हैं।

परीक्षाएँ अंतिम होती हैं।

प्रत्येक शिक्षण संस्था में एक ऐसी प्रणाली होनी चाहिए जो शिक्षार्थी के ज्ञान को नाप सके। किसी बच्चे के ज्ञान को नापने की एक विधि या तकनीक परीक्षा है। एक तरह से, हम प्रदर्शन को मापते हैं, हम सीखने का आकलन करते हैं। लेकिन हम कुछ मानदंडों के आधार पर परिणामों का मूल्यांकन करते हैं। ज्ञान और शिक्षा में परीक्षण तथा मूल्यांकन के बीच अंतर है। मूल्यांकन का तात्पर्य बच्चे के सीखने की जानकारी संग्रह से है, जबकि परीक्षण का संबंध जानकारी की एक मानक से तुलना से है।संपूर्ण मूल्यांकन में मूल्यांकन और परीक्षण के माध्यम से मूल्यांकन शामिल है। परीक्षाओं के माध्यम से कुल मूल्यांकन अंतिम है। इसका सीधा मतलब यह है कि अंतिम परीक्षा के साथ-साथ पूरे वर्ष बच्चे का परीक्षण किया जाता है।

इनका संचालन क्यों किया जाता है?

परीक्षा एक मूल्यांकन है जिसका उद्देश्य परीक्षार्थी के ज्ञान, कौशल, योग्यता, शारीरिक फिटनेस या कई अन्य विषयों में वर्गीकरण को नापना है।

परीक्षा का उद्देश्य बच्चे के ज्ञान, कौशल, योग्यता, शारीरिक तंदुरुस्ती या कई अन्य विषयों के वर्गीकरण को नापना है। मूल रूप से इसका उद्देश्य यह देखना है कि क्या वह आनेवाले ज्ञान के साथ आगे बढ़ने के लिए उपयुक्त है या नहीं।

कई छात्र परीक्षा के कारण पढ़ाई कर रहे हैं। दरअसल यह छात्रों के बीच प्रतिस्पर्धा को बढ़ावा देता है। यह किसी के व्यक्तित्व और आत्मविश्वास को विकसित करने में मदद करता है और जीवन में कड़ी मेहनत, धैर्य, सृजनात्मकता और नेतृत्व जैसे आवश्यक गुण प्रदान करने में परीक्षाओं की प्रमुख भूमिका होती है।

शिक्षकों की जवाबदेही अंततः शैक्षिक प्रणाली के लिए आवश्यक मानी जाती है। मानकीकृत परीक्षणों की निष्पक्षता उनके महत्वपूर्ण होने के अगले कारण की ओर ले जाती है। अपनी निष्पक्षता और छात्रों के ज्ञान को मापने की क्षमता के कारण, मानकीकृत परीक्षण सफलता या विफलता के लिए शिक्षकों, स्कूलों और जिलों को जिम्मेदार ठहराने के लिए उपयोगी उपकरण हैं। परीक्षाएँ हमें जानकारी को अधिक आसानी से सीखने और पचाने में मदद करती हैं। चूँकि

छात्रों पर अच्छे ग्रेड पाने का दबाव होता है, इसलिए वे अपना सर्वश्रेष्ठ प्रदर्शन करने का प्रयास करते हैं। परीक्षा के बिना, छात्र अपना पुनरीक्षण स्थगित कर पाएंगे और उनके लिए कक्षा में बने रहना कठिन होगा।

परीक्षाएं कैसे आयोजित की जाती हैं?

1. तिमाही
2. अर्धवार्षिक
3. वार्षिक
4. सेमेस्टर नुसार

जब हम भोजन करते हैं तो निवालों के रूप में टुकड़े-टुकड़े करके या थोड़ा-थोड़ा करके खाते हैं। हम एक बार में सब कुछ नहीं खा सकते। उसी प्रकार सीखना भी छोटे-छोटे चरणों में होता है। स्तर उम्र पर आधारित होता है और शिक्षा-अधिगम प्रतिदिन छोटे-छोटे रूपों में होता रहता है। उसी तरह, जो सीखा जाता है उसका परीक्षण चरणों में किया जाता है क्योंकि मस्तिष्क ज्ञान को बहुत व्यवस्थित तरीके से संभालता है और सबसे पहली बात यह है कि यह धीरे-धीरे दिमाग में प्रवेश करता है और लगातार अवशोषित होता है। इसलिए हम समयबद्ध तरीके से परीक्षाएँ आयोजित कराते हैं। वे आमतौर पर त्रैमासिक, अर्धवार्षिक, वार्षिक और सेमेस्टर नुसार भी आयोजित की जाती हैं।

परीक्षाएँ - प्रश्नपत्रों का प्रारूप

1. सभी स्तरों के छात्रों के लिए होना चाहिए।
2. 40% प्रश्न निचले स्तर के बच्चों के लिए होने चाहिए।
3. 30% प्रश्न मध्यम स्तर के बच्चों के लिए होने चाहिए।
4. 30% प्रश्न उच्च स्तर के बच्चों के लिए होने चाहिए।

प्रश्न पत्रों के प्रारूप पर बहुत ध्यान देना और इसे लिखने के लिए कुछ मानदंड रखना बहुत महत्वपूर्ण है। सबसे पहले, परीक्षा देने वाले बच्चों के स्तर की परवाह किए बिना, प्रश्न पत्र को सभी स्तरों को पूरा करना चाहिए। सामान्य मार्गदर्शन यह है कि 40% प्रश्न उन बच्चों के लिए होने चाहिए जो औसत से नीचे हैं। प्रश्न पत्र का 30% हिस्सा औसत स्तर के बच्चों के लिए होना चाहिए। 30% प्रश्न औसत स्तर से ऊपर के छात्रों के लिए होने चाहिए। इस प्रकार, औसत से नीचे बच्चे भी उत्तीर्ण प्रतिशत प्राप्त करने की स्थिति में होते है। औसत से ऊपर के बच्चों से किसी भी तरह से उच्च प्रतिशत प्राप्त करने की उम्मीद की जा सकती है।

परीक्षणों का महत्व :

परीक्षण यह पता लगाने का एक माध्यम है कि बच्चा कितना समझ पाया है।

वस्तुनिष्ठ सुधार और सुदृढीकरण में मदद करता है।

किसी बच्चे का समय पर मूल्यांकन करने के लिए परीक्षण समयबद्ध होते हैं।

बच्चे को अच्छे से समझाने में मददगार होते हैं।

ज्ञान और जानकारी टुकड़ों-टुकड़ों में देने के समान।

टेस्ट मूलतः बच्चों की शिक्षा को बेहतर बनाने की एक तकनीक है। यह यह जानने का माध्यम है कि बच्चे ने कितना सीखा। उसकी कमियाँ क्या हैं और बच्चे के ज्ञान या झुकाव को कैसे सुधार करके मजबूत बनाया जाए। परीक्षण छोटे पैमाने पर बच्चे का मूल्यांकन करने के छोटे तरीके हैं। बार-बार सीखने से बच्चे को अच्छी तरह से समझने में मदद मिलती है। परीक्षण ज्ञान और सूचना को छोटे-छोटे टुकड़ों के रूप में देने के उपकरण हैं क्योंकि दिमाग एक बार में सभी को अवशोषित नहीं कर सकता है।

परीक्षाओं का महत्व:

परीक्षाएँ अंतिम होती हैं।

सुधार और सुदृढीकरण की कोई संभावना नहीं होती।

यह पूरे वर्ष के प्रदर्शन के मूल्यांकन का सार है।

यह बच्चे के वार्षिक मूल्यांकन का मुख्य भाग है।

यह बच्चे के प्रदर्शन का प्रमुख हिस्सा तय करता है।

परीक्षाएं हमेशा अंतिम होती हैं। सुधार या सुदृढीकरण की कोई संभावना नहीं है। परीक्षा पूरे वर्ष सीखने का अंतिम सार है। यह बच्चे के वार्षिक मूल्यांकन का मुख्य भाग है जिसमें उसकी शिक्षा का निरंतर मूल्यांकन और बच्चा कितना प्रदर्शन करने में सक्षम है, शामिल है। परीक्षा बच्चे के प्रदर्शन का बड़ा हिस्सा तय करती है। ग्रेड मायने रखते हैं - हालाँकि वे क्षमता का प्रतिबिंब नहीं हैं। गहरी सामाजिक असमानता में परीक्षा परिणाम क्षमता, परिश्रम या किसी भी अन्य चीज़ का सटीक प्रतिबिंब नहीं होते हैं जैसा उन्हें मापने के लिए माना जाता है। हालाँकि, वे मायने रखते हैं।

परीक्षाएँ - क्या इन्होंने शिक्षा प्रणाली को ख़त्म कर दिया है?

खासतौर पर भारत में हर साल कई परीक्षाएं होती हैं। विद्यार्थियों के पास पाठ्येतर गतिविधियों के लिए मुश्किल से ही समय होता है। अधिकांश परीक्षाओं की संरचना और डिज़ाइन छात्र की वास्तविक क्षमताओं का मूल्यांकन करने के लिए पर्याप्त नहीं हैं।

इस पर मेरी राय हाँ और ना है।

हाँ, परीक्षाएँ बच्चों के लिए सिरदर्द होती हैं क्योंकि उन पर बहुत अधिक बोझ और तनाव होता है।

नहीं, क्योंकि आज न केवल स्कूल और शिक्षाविद् बल्कि माता-पिता भी इस तनाव और बोझ के प्रति जागरूक हो गए हैं और तनाव को कम करने के उपाय तलाश रहे हैं और बहुत मुक्त वातावरण और तनाव मुक्त माहौल में सीख रहे हैं।

एक अध्यापक की भूमिका

एक अध्यापक को हर स्तर पर बच्चे के प्रदर्शन के प्रति संवेदनशील होना चाहिए।

उसे बच्चे का हाथ पकड़कर नेतृत्व करने की आवश्यकता है।

प्रत्येक परीक्षा में सहायता और सुविधा की आवश्यकता है ताकि बच्चा परीक्षा के लिए तैयार हो सके।

अध्यापक को बच्चे के साथ मित्र की तरह काम करना होगा।

आइए देखें कि आज के शिक्षा के माहौल में अध्यापकों को बच्चे के साथ कैसा व्यवहार करना चाहिए। परीक्षा का तनाव बहुत आम है। किसी भी बच्चे को परीक्षा में आनंद नहीं आता। इस संदर्भ में एक अध्यापक की भूमिका बहुत महत्वपूर्ण हो जाती है। उसे हर स्तर पर बच्चे के प्रदर्शन के प्रति बहुत संवेदनशील होने की आवश्यकता है। बच्चे को बिना तनाव और आत्मविश्वास के आराम से आगे बढ़ाने के लिए उसे संभालना आज की मांग है। यह एक ऐसी चीज़ है जिसे बच्चे को एक बार में नहीं बल्कि हर कदम पर आत्मसात करना चाहिए। प्रत्येक परीक्षण तनाव मुक्त करने और धीरे-धीरे आत्

मविश्वास बढ़ाने में एक कदम प्रदान करता है। कई परीक्षणों से गुजरने के बाद, बच्चे को अंतिम परीक्षा के लिए तैयार किया जाता है। इसलिए, परीक्षणों की एक श्रृंखला एक परीक्षा की ओर ले जाती है जहां बच्चा किसी दी गई परीक्षा का सामना करने में सहज होता है। एक अच्छा और मिलनसार अध्यापक कोई मांग करने वाला और आदेश देने वाला व्यक्ति नहीं होता है। एक शिक्षक को हमेशा अपने छात्रों का मित्र, मार्गदर्शक और दार्शनिक होना चाहिए। इससे बच्चों के सामने आनेवाली किसी भी समस्या को हल करने और समाधान खोजने के लिए उनके बीच सहज संचार में मदद मिलती है और यह एक मजबूत और सकारात्मक व्यक्तित्व के साथ बड़े पैमाने पर दुनिया का सामना करने के लिए उनमें आत्मविश्वास पैदा करने में एक मजबूत कदम बन जाता है।

परीक्षा का तनाव

परीक्षा संबंधी तनाव को समझने के लिए, हमें परीक्षा के उद्देश्य को समझना होगा। परीक्षाओं का उद्देश्य परीक्षा देने वालों में एक प्रकार का भय मनोविकृति पैदा करना नहीं है, बल्कि उन्हें यह जानने की आवश्यकता समझाना है कि कितना ज्ञान ग्रहण किया गया है, समझा गया है और उसे लागू करने में व्यक्ति की क्षमता में वृद्धि हुई है। यह भय मनोविकृति छात्रों में इसलिए पैदा होती है क्योंकि आजकल परीक्षा के उद्देश्य में अंक प्राप्त करने को लेकर हर चीज को गलत समझा जाता है। इस समझ का अभाव आज के अधिकांश अभिभावकों में भी है। इस मामले में पीड़ित स्पष्ट रूप से बच्चा या कोई छात्र है। वे क्यों घटित होते हैं? इसका सरल उत्तर है अपर्याप्त एवं अनुपयुक्त अध्ययन। शायद जो लोग पढ़ते हैं और जिनके पास असीमित स्मृति होती है, वे ही अंकों की लॉटरी में विशिष्टता के साथ सफल होने में सक्षम होते हैं। दुख की बात है कि हमारी परीक्षा प्रणाली केवल स्मृति की प्रचुरता का ही परीक्षण करती है। लेकिन भगवान की योजना अलग होती है। उसने हममें से प्रत्येक को अद्वितीय बनाया है और हर कोई लॉटरी नहीं जीत सकता। यह बहुत ही सरल है। विशाल पाठ्यक्रम का दबाव, माता-पिता और स्कूलों की बच्चे बच्चे से सब कुछ करवाने की उच्च उम्मीदें और उन उम्मीदों को पूरा करने की अनिश्चितता इस डर के कुछ कारण हैं। सवाल यह है कि अंक ज़्यादा महत्त्वपूर्ण हैं या ज्ञान की समझ और प्रयोग। कई मामलों में, अंक छात्र की क्षमता की गारंटी नहीं दे सकते लेकिन फिर भी, वे संकेतक होते हैं।

इसे कैसे संतुलित किया जा सकता है? जब अनुभवों की बात आती है, तो वे घबराहट, पसीना, तेज़ दिल की धड़कन, भ्रम आदि, इस प्रक्रिया में स्मृति हानि, अव्यवस्थित प्रस्तुति आदि का कारण बनते हैं। चरम मामलों में यह आत्मघाती

प्रवृत्ति को भी जन्म दे सकता है। लेकिन प्रकृति ने हमें इन पर काबू पाने और अधिकांश मामलों में विजयी होने की शक्ति दी है। हम छात्र इन अनुभवों से गुजरते हैं और सबसे अच्छी बात यह है कि हममें से प्रत्येक एक ही नाव में सवार है। यह इसका सुखद हिस्सा है।

'मैं इस यात्रा में अकेला नहीं हूं।' यह भावना परीक्षा की तैयारी के लिए गर्मजोशी, आत्मविश्वास, कड़ी मेहनत और सही तरह का दृष्टिकोण लाती है। डर से निपटने की समस्या पर आते हुए माता-पिता, स्कूल, राज्य और अंत में

शिक्षक की भूमिका बहुत महत्वपूर्ण है। वे छात्रों की पढ़ाई और कड़ी मेहनत को ताकत और आत्मविश्वास के स्तंभ की तरह समर्थन प्रदान कर सकते हैं।

बच्चों के साथ सहज संवाद के लिए माता-पिता और शिक्षकों का मित्रतापूर्ण रवैया होना जरूरी है। जब स्वास्थ्य, पढ़ाई और खेल, मनोरंजन की बात आती है तो एक संतुलित दृष्टिकोण रखने के साथ-साथ पढ़ाई पर ध्यान केंद्रित करते हुए गहन और जुनून कड़ी मेहनत के महत्व पर जोर देना निश्चित रूप से बच्चों को सही दिशा में ले जाता है। प्रत्येक जिम्मेदार कारक को बच्चे की देखभाल की जिम्मेदारी लेनी चाहिए और प्रभाव स्वचालित रूप से पैदा

होगा। इसका मतलब यह है कि राज्य और उसकी एजेंसियों द्वारा हाई स्कूल, व्यावसायिक पाठ्यक्रम स्तर पर ऐसी नीतियां बनाने में भूमिका निभाई जाती है जो छात्रों के लिए प्रासंगिक, व्यावहारिक और सहायक हों। इस प्रक्रिया में संबंधित एजेंसियों का अराजनीतिकरण आवश्यक है और इससे इनकार नहीं किया जा सकता। बच्चे अपने विद्यार्थी जीवन का अधिकांश समय स्कूल में बिताते हैं। इसे ध्यान में रखते हुए, यह आवश्यक है कि स्कूल अपने शैक्षिक क्षेत्रों में छात्रों का ध्यान रखे जिसमें शारीरिक, भावनात्मक, सामाजिक, आध्यात्मिक, सौंदर्यात्मक और नैतिक विकास शामिल होते हैं। अगला तत्व जो इसे बनाता है, वह है माता-पिता की भूमिका। वे एक स्मारक की नींव की तरह हैं। यदि यह मजबूत है, तो अपने बच्चे के पालन-पोषण में त्रुटि होने की संभावना न्यूनतम है। अंत में, परीक्षाओं में बैठने वाले छात्रों को एक शिक्षक का समर्थन इस परीक्षा के तनाव को कम करने में एक चमत्कार की तरह

काम करता है। एक छात्र में परीक्षाओं में अच्छा प्रदर्शन करने की सच्ची और तीव्र इच्छा होनी चाहिए। सकारात्मक दृष्टिकोण निश्चित रूप से मदद करता है । स्कूल परीक्षाओं की संख्या बढ़ाने के लिए भी कार्यक्रम बना सकता है। मनोवैज्ञानिक रूप से, जितना अधिक आप किसी स्थिति का सामना करते हैं, उतना ही कम डर और अधिक आत्मविश्वास पैदा होता है। यही परीक्षाओं पर लागू होता है। जितना अधिक कोई व्यक्ति परीक्षाओं में उपस्थित होता है, उसके लिए उसे घबराए बिना परीक्षा देना उतना ही आसान हो जाता है। किसी भी परीक्षा के तनाव को सुखद अनुभूति में परिवर्तित किया जा सकता है, जिससे परीक्षाओं के प्रति अच्छा रवैया लाया जा सके।

स्कूलों में मूल्यांकन

मूल्यांकन = लगातार व्यापक मूल्यांकन

सीसीए क्या है?

एक सामान्य समझ है:

पूरे वर्ष परीक्षणों में प्रदर्शन।

त्रैमासिक, अर्धवार्षिक, वार्षिक या सेमेस्टर वार परीक्षाओं में प्रदर्शन।

पाठ्येतर गतिविधियों में प्रदर्शन।

जैसा कि रिपोर्ट कार्ड में दिखता है।

'सीसीए' यह शब्द हमें बताते हैं कि कोई भी मूल्यांकन जो पूरे वर्ष निरंतर चलता रहता है। किसी भी विषय की अवधारणाओं और संपूर्ण ज्ञान को समझना। संक्षेप में, यह एक छात्र का व्यापक मूल्यांकन है। इसमें निस्संदेह त्रैमासिक, अर्धवार्षिक, वार्षिक या सेमेस्टर परीक्षाएं शामिल हैं। वार्षिक मूल्यांकन में पूरे वर्ष निरंतर प्रदर्शन शामिल होता है। इसके अलावा इसमें पाठ्येतर गतिविधियों में अतिरिक्त प्रदर्शन भी शामिल है। एक व्यापक मूल्यांकन रिपोर्ट कार्ड में परिलक्षित होता है।

समान रूप से महत्वपूर्ण हैं:

मनोवैज्ञानिक आकलन,

बुद्धि परीक्षण,

उपलब्धि परीक्षण,

कार्यात्मक आंकलन,

व्यवहारिक आंकलन,

डिस्लेक्सिया के लिए परीक्षण

सीखने की अयोग्यता।

जैसा कि उपरोक्त बिंदु दर्शाते हैं, मूल्यांकन के सही तरीके में सभी शामिल हैं। भौतिक स्तर पर ऐसा शायद ही कभी किया गया हो। वास्तविकता की बात करें तो स्कूल इन सबको लागू नहीं कर रहे हैं। बुद्धि, उपलब्धि, व्यवहार मूल्यांकन आदि के लिए परीक्षणों का उपयोग करने वाले वास्तविक शिक्षाविद् शायद ही कभी मिलते हैं। डिस्लेक्सिया और सीखने की अक्षमताएँ प्राथमिक वर्गों में बहुत कम उम्र में देखी जाती हैं। सुधार के लिए इन समस्याओं पर उसी समय ध्यान देने की आवश्यकता है। स्कूलों को इन समस्याओं की पहचान करनी चाहिए और बाद की बजाय पहले ही सुधार करना चाहिए। ऐसे बच्चों की सुविधा के लिए विशिष्ट प्रशिक्षणवाले शिक्षकों को नियोजित किया जाना चाहिए।

प्रतिभाशाली:

शिक्षा के प्रति एक नवीन और अद्वितीय दृष्टिकोण होना चाहिए।

चुनौतीपूर्ण, रचनात्मक वातावरण में युवाओं को विविध विषयों का पता लगाने के शानदार अवसर प्रदान करना।

एक प्रतिभाशाली बच्चे के लिए संरचित रोजमर्रा का स्कूल वातावरण बहुत कठिन हो सकता है।

ऐसे बहुत कम कार्यक्रम और निजी स्कूल हैं जो प्रतिभावान बच्चों के लिए हों।

ऐसे प्रतिभाशाली बच्चों के लिए और भी कम कार्यक्रम हैं जो सीखने में अक्षम हैं।

प्रतिभाशाली छोटे बच्चों का अक्सर गलत निदान किया जाता है क्योंकि वे बहुत आसानी से ऊब सकते हैं।

अपनी जगह से उठ कर मचलना और बेचैन होना शिक्षा में कमी के रूप में लिया जाता है।

सीखने की अयोग्यता:

सीखने की अक्षमता वे विकार हैं जो इन क्षमताओं को प्रभावित करते हैं:

समझने की

मौखिक या लिखित भाषा के प्रयोग की

गणित प्रयोग की

शारीरिक गतिविधियों में समन्वय लाने की

ध्यान अपनी तरफ आकर्षित करने की

हालाँकि सीखने की अक्षमताएँ बहुत छोटे बच्चों में होती हैं, लेकिन आमतौर पर इन विकारों को तब तक पहचाना नहीं जाता जब तक कि बच्चा स्कूल जाने की उम्र तक नहीं पहुँच जाता।

डिस्लेक्सिया:

"डिस्लेक्सिया एक सीखने का विकार है जिसमें भाषण ध्वनियों की पहचान करने और वे अक्षरों और शब्दों (डिकोडिंग) से कैसे संबंधित हैं, यह समझने में कठिनाई होती है। इसे पढ़ने की अक्षमता भी कहा जाता है। डिस्लेक्सिया मस्तिष्क के उन क्षेत्रों को प्रभावित करता है जो भाषा को संसाधित करते हैं।"

यह क्या होता है?

यह व्यवहार, स्वास्थ्य, विकास और व्यक्तित्व से संबंधित होता है।

ऐसा क्यों होता है?

बच्चे की मानसिक क्षमताओं के अव्यवस्थित विकास के कारण ।

यह स्वयं को कैसे अभिव्यक्त करता है?

लेखन और मोटर कौशल के द्वारा:

लिखने या नकल करने में परेशानी होती है; पेंसिल की पकड़ असामान्य होती है; लिखावट अलग-अलग होती है या पढ़ने में नहीं आती।

गेंद या टीम खेलों में ख़राब, अनाड़ी या असंगठित; बारीक और/या सकल मोटर कौशल और कार्यों में कठिनाइयाँ; मोशन-सिकनेस की संभावना।

उभयलिंगी हो सकता है, और अक्सर बाएँ/दाएँ, ऊपर/नीचे में भ्रमित रहता है।

गणित और समय प्रबंधन:

समय बताने, समय का प्रबंधन करने, क्रमबद्ध जानकारी या कार्यों को सीखने या समय पर पहुंचने में कठिनाई होती है।

गणित अंगुलियों की गिनती और अन्य तरकीबों पर निर्भरता दर्शाती है; उत्तर जानता है, लेकिन कागज पर ऐसा नहीं कर सकता।

गिन सकता है, लेकिन वस्तुओं को गिनने और पैसे से निपटने में कठिनाई होती है।

अंकगणित कर सकता है, लेकिन शब्द समस्याओं में असफल रहता है; बीजगणित या उच्चतर गणित को समझ नहीं सकता।

स्मृति और अनुभूति:

अनुभवों, स्थानों और चेहरों के लिए उत्कृष्ट दीर्घकालिक स्मृति।

जिन अनुक्रमों, तथ्यों और जानकारी का अनुभव नहीं किया गया हो, उनके लिए खराब स्मृति होती है।

मुख्य रूप से छवियों और भावनाओं के साथ सोचता है, ध्वनियों या शब्दों के साथ नहीं (थोड़ा आंतरिक संवाद)।

निष्कर्ष:

सालभर बच्चे के स्वस्थ रहने का मूल्यांकन।

इसमें शिक्षा के सभी क्षेत्रों को शामिल किया जाना चाहिए जिसका अर्थ है विभिन्न स्तरों पर सभी विषयों का पाठ्यक्रम।

यह शारीरिक, भावनात्मक, सामाजिक, बौद्धिक, आध्यात्मिक, सौंदर्यात्मक और नैतिक होना चाहिए।

सीखने की अक्षमता रखने वाले बच्चों पर विशेष ध्यान दिया जाना चाहिए।

खंड V

रचनात्मक विचलन

शिक्षक सशक्तीकरण

रचनात्मक विचलन

रचनात्मक विचलन क्या है?

परिभाषा: जैसा कि वाक्यांश दर्शाता है, गतिविधि को एक सकारात्मक मोड़ देना जिससे बच्चा अलग रूप से व्यस्त रहे और जहाँ एक बच्चा बदलाव के लिए खुशी से तैयार रहता है।

कोई भी व्यक्ति जो किसी भी गतिविधि में लगातार शामिल रहता है, उसे उसी गतिविधि में वापस आने पर तरोताजा होने के लिए ब्रेक या गतिविधि में बदलाव की आवश्यकता होती है।

हमें इसका अनुसरण क्यों करना चाहिए?

एकसुरापन तोड़ने के लिए।

ताज़गी लाने के लिए।

अधिक रुचि पैदा करने के लिए।

नए सिरे से सीखने की धारा में शामिल होने के लिए।

बच्चे का ध्यान भटकने से संतुष्टि पैदा होती है।

खुशी को आधार मानने से बच्चे की सीखने की क्षमता बढ़ती है।

बिना अधिक प्रयास के बेहतर स्मृतिशक्ति पाना।

इसका संचालन कैसे किया जाना चाहिए?

क्रीडा और खेल

संगीत और नाटक

कंप्यूटर आधारित शिक्षा

प्राकृतिक वातावरण में सीखना (किसी पेड़ के नीचे कक्षा हो सकती है)

प्रकृति की सैर

छोटे बच्चों के लिए रेत में खेलना

चित्रकारी

शिल्प कार्य आदि।

जैसा कि ऊपर बताया गया है, इन गतिविधियों को उनकी पाठ योजना में उचित पाठ्यक्रम के साथ शामिल किया जा सकता है।

उदाहरण के लिए: शास्त्रीय संगीत के महत्व पर जोर देना, रुचि के खेलों और नाटकों में उन्हें निखारना और उन्हें उन प्रतिस्पर्धाओं के लिए तैयार करना जहां वे उत्कृष्टता प्राप्त कर सकते हैं। बच्चों को शारीरिक गतिविधियों में शामिल किया जा सकता है जिससे वे स्वस्थ रहते हैं। स्वस्थ शरीर ही स्वस्थ मन होता है। प्राकृतिक वातावरण में सीखने में संभवतः प्रकृति की सैर, पिकनिक आदि शामिल होते हैं।

भूमिका निभाना, कहानी सुनाना और यहाँ तक कि गायन भी ऐसे विचलन का हिस्सा हो सकता है। विशेष क्षेत्रों में रुचि रखने वाले बच्चों को इसमें करियर बनाने के लिए प्रोत्साहित किया जा सकता है।

दृश्यों, घटनाओं, अनुभवों का वर्णन कक्षाओं में बच्चों के लिए आकर्षण का विषय हो सकता है। वास्तव में, वे उन कक्षाओं की प्रतीक्षा करते हैं जिनमें शिक्षक ऐसी कक्षाओं के संचालन में व्यक्तिगत रुचि लेते हैं जिससे अंततः बच्चे भी उपस्थित होते हैं और अपने पाठों के प्रति गंभीर होते हैं।

आज की समस्या यह है कि बच्चों का जीवन के पाँच तत्वों से कोई संपर्क नहीं रह गया है। प्रकृतिः पृथ्वी, जल, अग्नि, वायु और अंतरिक्ष। छात्रों का प्रकृति के साथ न्यूनतम संपर्क होता है। अधिकांश आबादी शहरी क्षेत्रों की ओर जा रही है, जहाँ मिट्टी के बजाय केवल कंक्रीट उपलब्ध है। पानी और

हवा अत्यधिक प्रदूषित है, और हर जगह तापमान बढ़ रहा है, जिससे प्रकृति असहनीय हो रही है। बच्चे अपना अधिकांश समय अपने स्कूलों के अंदर या कोचिंग कक्षाओं और ट्यूशन सेंटरों में बिताते हैं। ऐसे वातानुकूलित स्थानों में लगातार समय बिताने के बाद निश्चित रूप से गतिविधि में बदलाव की आवश्यकता है। शायद एक खेल का मैदान, योग गतिविधि, गायन और नृत्य जैसी कुछ कलाओं का अभ्यास आवश्यक है जो बच्चों को मानसिक और शारीरिक रूप से तरोताजा करे । हमें वयस्कों को भी काम के एकसुरेपन को तोड़ने के लिए इसकी आवश्यकता होती है।

हम बच्चे की मदद कैसे कर सकते हैं?

शौक को समय की बर्बादी माना जाता है लेकिन ऐसा नहीं होता है। कोई भी रचनात्मक मोड़ हमें तरोताजा और उज्ज्वल बनाने के लिए जादुई रूप से काम करता है और हमें ताजगी के साथ काम करने में मदद करता है और एकरसता को तोड़ता है। ये शौक ड्राइंग, पेंटिंग, गायन, इनडोर और आउटडोर गेम खेलना या उस विषय से संबंधित कोई अन्य शौक हो सकते हैं।

हमें उनकी पसंद और रुचि के अनुसार ये शौक विकसित करने होंगे। शौक हमारे गतिशील जीवन का एक हिस्सा बन जाते हैं और इस हद तक बनते हैं कि ये उनके करियर बनने में मदद करते हैं और कई बार उनके शगल को बेहतर बनाने बनाने के साथ ही कमाई का स्रोत भी बन जाते हैं।

गुरुओं को सशक्त बनाने का सबसे अच्छा तरीका बस नीचे दी गई कविता को पढ़ कर शिक्षण के सार के सरल तरीकों का पालन करना है। एक पिता के रूप में लिंकन अपने बेटे के शिक्षक को सुझाव देते हैं कि बच्चे को कैसे संभालना है। यही एक अच्छा शिक्षक बनने का असली मूल है। प्रत्येक शिक्षक को कविता अवश्य पढ़नी चाहिए और प्रत्येक बच्चे को ये गुण सिखाने के लिए सरल सुझावों का पालन करना चाहिए।

अपने बेटे के शिक्षक को लिंकन का पत्र:

अब्राहम लिंकन सबसे प्रसिद्ध अमेरिकी राष्ट्रपतियों में से एक थे और उनके लेखन इतिहास में लोकप्रिय रहे हैं। यहाँ उनका एक लेख है, जो वास्तव में

उनके बेटे के शिक्षक को लिखा गया एक पत्र है। इस पत्र में, उन्होंने अपने बेटे के शिक्षक से अपने बेटे को कुछ गुण सिखाने के लिए कहा और यह पत्र ऐतिहासिक साहित्य का एक यादगार टुकड़ा बन गया। हर पिता चाहता है कि उसके बेटे के शिक्षक ये गुण सीखें और हर शिक्षक को ये गुण अवश्य पढ़ने चाहिए:

अपने बेटे के शिक्षक को लिंकन का पत्र

मुझे पता है उसे सीखना होगा,

कि सभी मनुष्य उचित नहीं होते,

सभी मनुष्य सच्चे नहीं होते।

लेकिन उसे यह भी सिखाना

कि हर शैतान के लिए एक नायक होता है;

कि हर स्वार्थी नेता के लिए,

एक समर्पित नेता होता है...

उसे सिखाना कि हर दुश्मन के लिए एक दोस्त होता है,

रख सको तो

उसे ईर्ष्या से दूर रखना,

उसे शांति से मुस्कुराने का

रहस्य सिखाना।

उसे यह जल्दी सीखने देना

कि शैतानों से निपटना सबसे आसान है...

हो सके तो उसे सिखाना,

जादू किताबों की...

लेकिन उसे शांत समय भी देना

ताकि वह

इन शाश्वत रहस्यों पर विचार कर सके,

कि आकाश में पक्षी

सूर्य में मक्खियाँ

पहाड़ी पर फूल

आखिर क्यों होते हैं?

स्कूल में उसे पढ़ाना

कि असफल होना बहुत सम्मानजनक है

धोखे की बजाय...

उसे विश्वास रखना सिखाना

अपने विचारों पर,

भले ही उसे हर कोई यह कहे

कि वह गलत है...

उसे नम्र रहना सिखाना

सरल लोगों के साथ,

और कठिन लोगों के साथ कठिन।

मेरे बेटे को देने की कोशिश करना

भीड़ के पीछे न चलने की ताकत

जब हर कोई भेड़ चाल चल रहा हो...

उसे सबकी बात सुनना सिखाना...

लेकिन उसे उन बातों से

सत्य निचोड़ना भी सिखाना

और उसमें से

केवल अच्छाई लेना ही सिखाना।

हो सके तो उसे सिखाना,

कि उदासी में कैसे हँसते हैं...

उसे सिखाना कि आंसू शर्मनाक नहीं होते,

उसे निंदक लोगों को जवाब देना सिखाना

और ज़्यादा अच्छाई से बचाना...

उसे अपनी प्रतिभा और दिमाग

सबसे ऊँचे लोगों को बेचना सिखाना

लेकिन अपने दिल और आत्मा पर

कभी कीमत न लगाना सिखाना

उसे चिल्लाती हुई भीड़ में

अपने कान बंद करना सिखाना

और सच के लिए

खड़े होकर लड़ना सिखाना।

उसके साथ नरमी से पेश आना,

लेकिन उसे गले मत लगाना

क्योंकि केवल दबाव से ही

कोयला हीरे में बदलता है।

उसे अधीर होने की

हिम्मत रखना सिखाना

उसे बहादुर बनने का धैर्य रखना सिखाना।

उसे हमेशा सिखाना

स्वयं पर अगाध विश्वास रखना,

क्योंकि तब उसके पास होगा

मानव जाति पर उत्कृष्ट विश्वास।

यह एक बड़ी माँग है,

लेकिन देखो तुम क्या कर सकते हो...

यह एक बहुत प्यारा बच्चा है

जो मेरा बेटा है!

उपसंहारः

शिक्षा की पेचीदा बातें

आज की शिक्षा आखिर क्या है?

समाज में एक छात्र की बदली हुई आवश्यकताओं और अपेक्षाओं को ध्यान में रखते हुए ए126क संपूर्ण विश्लेषणात्मक दृष्टिकोण की आवश्यकता है। दूसरे शब्दों में, शिक्षा समाज की ज़रूरतों से मेल खानी चाहिए, जो वैश्विक स्तर पर अकल्पनीय गति से आगे बढ़ रही है। जो स्कूल इससे नहीं लड़ता, वह सही मायनों में जीवित नहीं रह पाता। इस अपेक्षा के साथ जीने के लिए कि बच्चे का ऊर्ध्वाधर और पार्श्विक या शैक्षणिक रूप से संपूर्ण विकास और सहायक गतिविधियाँ आवश्यक हैं। फिर भी, शिक्षासंबंधित मनमानी को स्वीकार करना होगा।

सही प्रकार का माहौल, जो अंततः बच्चे के पालन-पोषण के लिए उपयुक्त होता है, को व्यापक रूप से फैलाना होगा, जिसमें सही प्रकार के व्यक्तियों और संसाधन केंद्रों को शामिल करना होगा। संपूर्ण पुस्तकालयों और इंटरनेट संसाधनों के माध्यम से उचित शैक्षणिक प्रदर्शन निश्चित रूप से अद्भुत काम करेगा।

स्कूली वर्षों के दौरान एक बच्चे का शारीरिक, सामाजिक, बौद्धिक, भावनात्मक और आध्यात्मिक, सभी चार स्तरों पर विकास होता है। इस समय एक शैक्षणिक संस्थान की भूमिका और जिम्मेदारी बहुत बड़ी है। यहीं से समाज में स्कूल का महत्व कायम होता है। यह जिम्मेदारी प्री-प्राइमरी से +2 मानक तक हर स्तर पर अपनी उपस्थिति महसूस कराती है। विद्यार्थियों के व्यक्तित्व के सम्पूर्ण विकास के लिए उचित वातावरण का निर्माण आवश्यक है।

अपने शिक्षकों द्वारा सभी स्तरों पर विषय पर ढेर सारी जानकारी प्रदान करना शिक्षा के लिए सही दृष्टिकोण बनाने के लिए ज़रूरी होता है। हैंडआउट्स और वर्कशीट विभिन्न प्रकार के अभ्यासों की ड्रिलिंग और अभ्यास पर अच्छा काम करते हैं। इनको दिलचस्प बनाने की कोई भी विधि जिज्ञासु दिमाग को अपनी तरफ आकर्षित करेगी। ये प्रस्तुतियाँ दृश्य या श्राव्य हो सकती हैं। सुविधा प्रदान करने की प्रक्रिया में शिक्षक का योगदान सर्वोपरि है, जो छात्रों में आत्मविश्वास पैदा करता है। स्कूली शिक्षा के वर्षों के दौरान छात्र के संपूर्ण व्यक्तित्व के निर्माण में शिक्षक की एक आवश्यक भूमिका, चाहे वह शारीरिक, बौद्धिक, भावनात्मक या आध्यात्मिक हो, बहुत प्रभावशाली होती है। शिक्षक को हर स्तर पर बेहतर भूमिका निभानी होगी, जितनी संवेदनशीलता होगी भूमिका उतनी बेहतर होगी।

स्कूल में मूल्य आधारित शिक्षा एक मजबूत चरित्र के निर्माण में एक बाध्यकारी कारक के रूप में कार्य करती है। जीवन के उतार-चढ़ाव का सामना करने के लिए यह एक मनोवैज्ञानिक गद्दे की तरह है। यह वास्तव में जीवन की अंतर्धारा है, जो एक छात्र की रक्षा करती है और उतार-चढ़ाव को संभालने और सुचारू रूप से आगे बढ़ने के लिए जीवन कौशल के रूप में बढ़ावा देती है।

सबसे विवादित कारक शारीरिक दंड की बात करें तो कानूनी तौर पर इस पर सवाल उठाए जा सकते हैं। यह किसी स्कूल में किसी छात्र के साथ व्यवहार करने का सबसे असभ्य तरीका हो सकता है। यह न केवल सुचारु रूप से सीखने की प्रक्रिया में बाधा डालता है, बल्कि जो आहत अहंकार के परिणामस्वरूप चरित्र में एक नकारात्मक प्रवृत्ति को प्राप्त करने और विकसित करने को प्रोत्साहित करता है। ऐसी स्थिति का मुकाबला करने का सबसे अच्छा तरीका प्यार और दृढ़ता के साथ परामर्श देना है और शारीरिक छेड़छाड़ से दूर रहना है।

प्राथमिक स्तर पर बच्चे की सोचने की प्रक्रिया को विकसित करने के लिए प्रोत्साहित किया जाना चाहिए। 25% सीखना आत्म-चिंतन और अभिव्यक्ति के माध्यम से हो सकता है और 75% वर्कशीट और अभ्यास के माध्यम से हो सकता है। जूनियर स्तर पर यह 50-50 हो सकता है और वरिष्ठ स्तर पर इसे

75-25% तक संतुलित किया जा सकता है। किसी भी परिस्थिति में विकास के स्मृति भाग को नजरअंदाज नहीं किया जाना चाहिए, क्योंकि यह हमारे दिमाग का एक अनिवार्य हिस्सा है।

उपरोक्त बिंदुओं पर गंभीरता से विचार और स्कूल प्रबंधन की ओर से सही कार्यान्वयन लंबे समय में बड़े पैमाने पर समाज को छात्र समुदाय को सर्वश्रेष्ठ मार्गदर्शन प्रदान करने में बहुत फायदेमंद

www.ingramcontent.com/pod-product-compliance
Lightning Source LLC
Chambersburg PA
CBHW070016070125
19982CB00034B/465

9 789362 63091